花城
小说馆

思南

马拉 著

SPM 南方出版传媒 花城出版社

中国 · 广州

图书在版编目（ＣＩＰ）数据

思南 / 马拉著. -- 广州 ： 花城出版社，2018.7（2021.4重印）
（花城小说馆）
ISBN 978-7-5360-8689-0

Ⅰ．①思… Ⅱ．①马… Ⅲ．①长篇小说－中国－当代
Ⅳ．①I247. 5

中国版本图书馆CIP数据核字(2018)第130846号

出 版 人：肖延兵
责任编辑：李 谓 安 然
技术编辑：薛伟民 凌春梅
封面设计：荆棘設計

书 名 思南
　　　 SI NAN
出版发行 花城出版社
　　　　（广州市环市东路水荫路 11 号）
经 销 全国新华书店
印 刷 北京一鑫印务有限责任公司
　　　　（北京市顺义区北务镇政府西 200 米）
开 本 880 毫米×1230 毫米 32 开
印 张 6.75 1 插页
字 数 135,000 字
版 次 2018 年 7 月第 1 版 2021 年 4 月第 2 次印刷
定 价 35.00 元

如发现印装质量问题，请直接与印刷厂联系调换。
购书热线：020 - 37604658　37602954
花城出版社网站：http://www.fcph.com.cn

引 子

赵大碗的名字是他父亲赵爱猪取的。

赵爱猪是个孤儿，父母死时连个正式名字都没来得及给他取，就喊"猪娃儿"，好生好养的寓意。一九五几年，登记人口，不知道他叫什么，隐约记得姓赵，给地主放猪的。登记人员问，还记得你叫什么名字吗？赵爱猪说，不记得，父母死得早。登记人员又问，那人家叫你什么？赵爱猪说，都叫我猪娃儿。登记人员想了想说，那也不能叫你赵猪娃。对了，你爱猪吗？赵爱猪说，爱。登记人员问，为什么？赵爱猪说，猪肉好吃。登记人员说，那好，就叫你赵爱猪吧。赵大碗成年后，看过父亲的资料，职业一栏赫然填着"放猪"，他这才相信，父亲叫赵爱猪确实事出有因。

赵大碗出生那年，湖北全境大旱，散花洲上一片荒芜，焦黄的草蔓延到天边去，要是点一把火，能把天上的云烧着。赵爱猪抱着瘦巴巴的赵大碗说，你生也不选个时辰，丰年你不来，这灾年你倒来了。赵大碗的出生，让赵爱猪又喜又忧。喜的是生了六个女儿，眼看老婆要绝经了，老天爷给他送来了个儿子。忧的是吃什么？人来到世上，嘴巴一张，得往里面塞东西，不塞，得死。赵大碗出生那年，他大姐赵菊花十八岁，正是长身体、又能吃的年龄。下面五个姐姐，干活不行，吃饭倒是有着猪一样的胃口。眼看家里过不下去了，赵爱猪和赵菊花商量，菊花，家里没粮了。赵菊花说，又不是我一个人吃的。赵爱猪说，我没说你一个人吃的，家里没粮了。赵菊花说，没粮我也挨饿。赵爱猪说，我给你找了个有粮的人家。赵菊花说，你这是要把我推出去？赵爱猪说，我是给你一条生路，家里没粮，第一个要饿就饿死你。我和你妈要养弟弟妹妹，死不得。弟弟妹妹都还小，死不得。再说，他们吃得也没你多，死了划不来。赵菊花说，那你是要赶我走了？赵爱猪说，不是赶你走，我给你找了个有粮的人家。想了一会，赵菊花问，真有粮？赵爱猪答，有，还有肉。赵菊花说，这么好的人家，怎么肯要我？赵爱猪说，山里面的。赵爱猪说完，赵菊花半天没说话。赵爱猪说山里面，她明白了，她爹是要把她卖给山里的猎户。多大年纪？赵菊花问。赵爱猪把头低了下去，有点大。赵菊花追问了句，多大？赵爱猪的头又低了一点，四十五。赵菊花说，都能做我爹了。

赵菊花换了两袋大米，三担红薯，还有两只腊刺猬。嫁过去，赵菊花发现，她爸没骗她，有吃的，也有肉。她丈夫王铁头胆子大，枪法好，家里不缺吃喝。之所以那么大年纪没娶个媳妇，原因在他妈。他是独子，父亲死得早，母子俩相依为命。等王铁头成年，该找个女人了，他妈不愿意了。含辛茹苦养大的儿子，白白送给别人，她不甘心。见有人给儿子说媒，面上是笑的，等人一走，她哭。王铁头问她，妈，你哭么事呢？她说，我养你十几年，要给别个了。王铁头说，妈，我到死都是你的儿。她妈说，等你结婚，有了女人，就不要妈了。反复几次，王铁头死了娶媳妇的心。熬到他妈两腿一伸，他四十多了。临死前，他妈说，铁头，是妈把你耽误了，妈有错。王铁头说，妈，过去的事不说了。他妈是笑着死的。埋了他妈，守了一年孝，王铁头想找个女人。他找到了赵菊花。赵菊花嫁过来，王铁头欢天喜地，不让她干活，当妈养。很快，赵菊花胖了，气色好起来。王铁头虽说四十多了，比赵菊花大二十几岁，因为没结婚的原因，不显老，身体还结实。赵菊花暗地里感激赵爱猪，嫁的时候她不愿意，嫁过来才知道好。年纪大点算什么，有吃有喝，对人好才实在。赵菊花嫁过来一年，肚皮没反应。两年，肚皮还是没反应。王铁头说，不是有问题吧？赵菊花说，我有么事问题，我年轻得很。王铁头说，那怕是我的问题。第三年，王铁头死了。赵菊花回到娘家说，王铁头死了，他屋里没个人，我要回来。那年，赵菊花还不到二十二岁。赵爱猪说，那你回来吧，反正屋里也不多你一个。赵菊花卖了王铁头的家当，回来了。赵爱猪问，王铁头怎么死的？赵菊花不肯说，她说不出口。王铁头见赵菊花肚子没动静，暗地里买了补药，天天在赵菊花身上折腾。最后那次，折腾完，王铁头趴在赵菊花身上，头贴着赵菊花的脸，大口地喘气。赵菊花以为王铁头累了，抚着王铁头的背，没舍得让他下来。以前他经常这样，喜欢压着赵菊花睡。摸着摸着，赵菊花身上发凉，等她把王铁头翻下来，王铁头死了。

赵菊花回到家时，赵大碗三岁，长得虎头虎脑。赵菊花捏着赵大碗的脸说，弟，你这身肉是拿姐的肉换来的。赵大碗的名字是赵爱猪取的。赵爱猪名字叫爱猪，猪肉没吃上多少。生了赵大碗，他没别的想法，只希望这儿子过得好。赵爱猪没读过书，自然认不得字，也不懂得什么道理。乡下娱乐向来稀少，到了冬天农闲，村人围坐讲《水浒》。赵爱猪听过不少，他向往梁山好汉的生活，大碗喝酒，大口吃肉，大秤分金。一个乡下人，能想象到的好生活不过如此。他给儿子起了个名字，赵大碗，希望儿子将来能过上梁山好汉一样的生活，有吃有喝有钱用。至于梁山好汉的结局，他没想过，也不知道，村人讲《水浒》，从没讲到结尾那天。

从上学第一天起，赵大碗的名字便是同学取笑的对象。从小学一直到高中毕业，时间长达十二年。同学多是军、勇、兵，再不济也要带个国、红、建。他呢，土里吧唧一个大碗。赵大碗的小学因为这个名字特别难熬，小学同学都是附近村子的，都知道他爸叫赵爱猪。没事还好，有点事，一群人跟在他后面叫"大碗吃猪肉啦，大碗吃猪肉啦"。感谢他爸，他还有个绰号叫"小猪崽"。进了初中，情况好一些，知道他爸名字的少了。进了高中，又好一些，毕竟都大了，懂了些道理。还有另外一个原因，赵大碗发育了，长得人高马大，打起架来，抡起砖头就砸，没几个不怕死的敢硬往上撞。等进了大学，赵大碗时来运转。这个名字不但没人笑话，反倒格外引人注目。赵大碗读的中文系，同学们都说这名字大俗大雅，简直是绝世好名。相比之下，军、勇、兵、国、红、建俗得没法见人。名字太俗，写诗自然不好意思用，都得弄个笔名，费尽千般心思，觉得还是没有"赵大碗"来劲。赵大碗顺应时势地写起了诗，很快有了些声名鹊起的意思。赵大碗走出学校，和校外的诗人交流，都以为赵大碗的名字是笔名，　问，才知道是原名，连连夸赵大碗他爸赵爱猪有文化，能取出这么好的名字。
和诗人混在一起，赵大碗的酒量见长，大碗喝酒不再是什么难
事。喝得高兴了，总有人说，来，我和大碗兄喝一大碗。大碗
摆上，一口喝完，叫好声掌声一片。和赵大碗喝一大碗慢慢变
成了诗人圈的风俗，尤其是初次见面的诗人。赵大碗的名声越
传越远，越过了本省的诗歌江湖，传到了全国。还没等大学毕
业，赵大碗成了全国知名的校园诗人。据说某位诗坛泰斗看过
赵大碗的诗后感叹，赵大碗注定是要成为大师的。

1

送赵大碗去武汉，是赵爱猪第三次还是第五次去省城。之所以搞不清楚第三次还是第五次，原因在于，除了县城，赵爱猪去过的城市有限，他实在搞不清到底是武汉还是其他地方。三次是可以确定的，那时赵爱猪已经认识了"武汉"两个字，满大街的"武汉"让他相信，他确实是到了武汉。

赵大碗考上了武汉大学。说起武汉大学，念过大学的都知道，名气和清华、北大虽然没得比，那也是响当当的。赵大碗读小学时，听老师谈起过清华、北大。老师带着崇拜的语气说，清华北大毕业，那是要分个县委书记当的。那时，赵大碗见过最大的官是乡长。乡长到了村里，村主任点头哈腰，递烟倒茶，像个佣人。赵大碗回家问赵爱猪，爸，乡长是多大的官？赵爱猪说，乡长啊，乡长就是我们乡的皇帝。赵大碗问，比村主任大很多？赵爱猪点点头说，那大多了，乡长要管十几个村主任呢。赵大碗想了一下，对他来说，村已经够大了，他要走上大半天才能走到别的村里去。十几个村，大得简直有些可怕了。赵大碗对他爸说，爸，我长大了要当乡长。赵爱猪看了赵大碗几眼，又看了几眼，一巴掌扇在他脸上，你还当乡长，你能回村里当个会计，我都怕我笑死了。

回到学校，赵大碗问老师，老师，北大清华出来的，真能当县委书记？老师语气肯定地说，一毕业就分配个县委书记，以后当什么官还不晓得呢。赵大碗说，你见过没？老师带着遗憾说，我们乡里还没有考上清华北大的，听说县里以前考上过几个，如今都在北京上海当着大官。赵大碗问，比县委书记大？老师不耐烦地说，我都讲过了，一毕业就分配个县委书记。这么多年了，他们怕是都当了省长。赵大碗吓了一跳，省长，他想不出来那官到底有多大。赵大碗红着脸问老师，那要是当乡长呢？老师望了赵大碗一眼说，乡长好像读个中专就可以了。赵大碗问，你肯定？老师摸了摸头说，这个我也不肯定，我们乡长好像初中都没读完。赵大碗说，那要怎样才能当乡长？老师想了想说，考大学，要是能考上武汉大学，出来肯定能分配个乡长。赵大碗说，你肯定？这次，老师拍了拍胸脯说，肯定。只要能考上武汉大学，肯定能当乡长。赵大碗说，那我要考武汉大学。老师"哈哈"笑了起来，你要考武汉大学？你不晓得初中能不能考上呢。我们学校，一年能考七八个初中，乡里初中一年能考三四个一中，一中一年考不了十个武汉大学。你晓得不，全县一年考不了十个武汉大学，比乡长还少。

　　等到赵大碗高考，他已经知道，清华北大毕业时根本不大可能分配个县委书记，武汉大学毕业自然也分不了乡长。但他还是报了武汉大学，按他的成绩，北大清华没戏，武汉大学说不定可以蒙上。高考成绩出来，赵大碗过一本线三十多分，武汉大学稳稳当当的了。拿到录取通知书，赵大碗说，爸，我考上武汉大学了。赵爱猪听完，浑身一哆嗦，说，你考上了，还武汉大学？赵大碗把通知书递给赵爱猪，赵爱猪走到门外阳光下，眯着眼睛看了好久，他用手摸着"武汉大学"那四个字，像是怕那四个字是假的。摸了一遍又一遍，走进屋来，忽的一声大哭起来，我大碗考上大学了，我大碗考上武汉大学了。等哭完了，赵爱猪满脸的鼻涕眼泪，他望着赵大碗说，我赵家祖坟冒青烟，要出个官人了。赵大碗被赵爱猪哭烦了，他说，爸，读大学不一定能当官。赵爱猪说，那也不是一般人，我们村开天辟地就你一个大学生，还是武汉大学。赵爱猪问，我们乡里是不是就你一个人考上了武汉大学？赵大碗点点头。赵爱猪问，有考上清华北大的吗？赵大碗说，没，全县都没考上一个。赵爱猪又哭了起来，说要去给祖宗烧纸。他对赵大碗说，大碗，你陪老子去一回。你考上大学，老子死了也对得起列祖列宗了。到了坟前，烧了纸，赵爱猪不哭了，他点了根烟。赵大碗望着小坟包说，里面埋的是爷爷还是奶奶？赵爱猪说，我也不晓得，你爷爷奶奶死得早。我那会儿还小，还是村里人帮忙葬的。赵大碗问，你还记得爷爷奶奶长什么样子吗？赵爱猪说，不记得，他们死的时候，我太小了，也没个照片。赵爱猪望着赵大碗说，你考上大学了，我要把爷爷奶奶的坟修一下，你这也是光宗耀祖了。

烧完纸回家，赵爱猪对老六赵梅花说，你去把你几个姐都喊回来，就说大碗考上武汉大学了，让她们几个回来吃饭。赵梅花问，今晚？都要喊？赵爱猪说，今晚，都要喊。赵梅花说，爸，她们几个住得分散，要不打个电话让人喊一下。赵爱猪说，不行，你骑自行车去，一个一个通知。赵梅花说，爸，我去代销店给他们村里打电话，让人传个话一样的。赵爱猪说，我说的话你没听清楚？一个一个喊。赵梅花扶着自行车说，你发神经，明明能打电话，非要人家一家一家跑。赵爱猪说，你赶紧给我出门。

到了大姐赵菊花村里，见赵梅花来了，赵菊花问，梅花，你怎么来了？赵梅花说，爸让我喊你回去吃饭。赵菊花心里一紧，不年不节的，吃什么饭。她问，爸出事了？赵梅花说，爸没事，大碗考上大学了。赵梅花话音一落，赵菊花脸上似开了一朵菊花，她说，大碗考上了？赵梅花说，考上了，烦死了，爸非让我一家家跑，你收拾收拾回去，我还要去二三四五姐家。赵菊花说，我给你倒碗水。赵梅花不耐烦地说，不喝了，我先走了。等赵梅花走了，赵菊花对男人说，我大碗考上武汉大学。男人说，你兄妹几个，我看就大碗有出息，看着他长大的，从小调皮捣蛋，人聪明。赵菊花说，我爸喊我回去吃饭。男人说，我骑车送你回去。赵菊花说，不了，我走几步回去，你们都过去，屋里坐都坐不下。赵菊花摸了摸口袋说，你给我五十块钱，我割几斤肉回去。男人掏出五十块钱给赵菊花说，晚上回来不？赵菊花说，说不定，你不用等我。出了门，赵菊花去了肉铺，对割肉的说，给我称三斤肉，要腿子肉。割肉的说，菊花姐今天舍得啊，有喜事？赵菊花笑了笑说，割五斤，我屋里人多，三斤怕不够。割肉的笑了起来说，你屋里三个人，三斤吃得完不？赵菊花说，我回娘家，我家大碗考上大学了。割肉的说，我说你怎么舍得呢，平时都是半斤半斤的，今天一出手就是五斤。把肉递给赵菊花，割肉的问，大碗考上哪个大学了？赵菊花说，武汉大学。割肉的说，哎哟，那了不得，以后是要当大官的。等大碗出息了，你就有福享了。说完，又割了一小块猪肝给赵菊花说，这块送的，就几个辣椒能炒盘菜。恭喜，恭喜，你爸以后是有福享了。

赵菊花提着肉往家里走，人见了问，菊花，回娘家？赵菊花笑眯眯地说，是啊，回去看我弟。人看着赵菊花手里提的一大块肉说，大碗怎么了，病了？赵菊花说，没病，没病，大碗考上武汉大学了。照例又是惊讶，又是恭喜。回家三里路，赵菊花走了一个多小时。走到村口，赵菊花看见了大妹赵杏花，二妹赵梨花，三妹赵桃花，四妹赵菜花。每个人手里不是提着鱼，就是提着肉。几姐妹在村口碰到了，看着各自手里提着的东西，笑了起来。五姊妹提着东西慢慢往家里走，村里人看见了说，六朵金花今天齐了。菊花，好长时间没见你回来了。赵菊花说，忙。有和赵杏花熟的说，还以为你不舍得回来了，今天是什么风把你吹来了？赵杏花说，也不见你去我屋里玩。

说说笑笑回了屋里。赵爱猪买了酒。姐姐们把鱼啊肉啊递给赵梅花，赵梅花接过鱼和肉说，不买就不买，一买买一堆，哪里吃得完。赵爱猪说，能吃多少吃多少，吃不完的卤来吃。和赵爱猪说几句话，又和赵大碗说几句，姐姐们进厨房帮忙。赵大碗看着一屋子的人，堂屋顿时显小了，一家人这么全，在赵大碗有记忆以来，像是第一次。平时就算过年，姐姐们也约不了这么齐。

菜都上桌了，赵爱猪拿着瓶酒对赵梅花说，梅花，你把屋里酒杯拿出来。赵梅花拿了两个，一个给了赵爱猪，一个放在赵大碗面前。赵爱猪说，把十个都拿出来。赵梅花说，拿那么多干嘛，没得几个人喝。赵爱猪瞪了赵梅花一眼说，我叫你都拿出来。赵梅花嘟哝着洗了酒杯，摆在桌上。赵爱猪挨个倒满，先拿了一杯摆在"天地君亲师"位上，又给自己拿了一杯说，今天，都喝点，高兴。赵杏花说，爸，我不喝酒。赵爱猪说，你少喝点，大碗考上大学了，要喝。赵桃花笑起来说，爸，我们几个要是喝起来，酒够不够？赵爱猪说，不够让梅花去买。赵梅花说，要买你买，我不去。跑了一天，累死了。赵菊花指着赵梅花说，小丫头，真是惯坏了。酒都拿到面前了，赵爱猪站起来，对着"天地君亲师"位说，第一杯敬祖宗，保佑大碗学业有成。喝完第一杯，重新把酒倒上，赵爱猪说，第二杯我们全家敬大碗，给我们赵家争光了。赵大碗连忙站起来说，爸，我敬你。赵爱猪按赵大碗坐下说，大碗，你爸一辈子被人看不起，你以后要出人头地。来，这杯全家敬你。第二杯酒喝完，赵爱猪说，第三杯我和你妈还有大碗敬你们六姐妹，这些年辛苦你们照顾家里，要是没得你们，大碗读不了这个书。

三杯酒下去，赵爱猪问赵菊花，菊花，你是走回来的？赵菊花说，走回来的。赵爱猪问，有人问你回来干吗没？赵菊花说，有，我说大碗考上武汉大学了。赵爱猪满意地点了点头，又问赵杏花，杏花，你是坐车回来的，还是走回来的？赵杏花说，爸，走回来的。赵爱猪问，你买的鱼还是肉？赵杏花说，我买的鱼。赵爱猪说，卖鱼的没问你，不年不节的买鱼干吗？赵杏花说，问了，我说大碗考上大学了，回屋里吃饭。赵爱猪的眼神有些迷离，他望着赵梨花、赵桃花、赵菜花，三姐妹赶紧说，走回来的，都是走回来的。赵爱猪喝了杯酒说，这么说，四里八乡的都知道了。几姐妹说，知道了，肯定都知道了。赵爱猪的脸喝得通红，赵梅花拿着酒瓶说，你是巴不得全县的人都晓得你儿考上大学了，你还喝不得？赵爱猪说，喝，能喝，给大碗也倒上。

全家人都喝醉了。赵爱猪醒来时，赵菊花六姐妹已经起来了，赵大碗还在睡觉。赵爱猪走到门口，看着门口的大树，树是生赵大碗那年种的，如今已有一人粗了。在山上，赵爱猪还种了七八棵，想着等赵大碗结婚，砍树打家具。赵爱猪望着树梢，自言自语道，怕是用不上了。他走进屋里，赵菊花端了碗面放在桌上说，爸，你先吃饭，我去喊大碗起来。赵爱猪拿起筷子说，让大碗睡会，年轻人贪睡。赵梅花说，没见你心疼我。赵爱猪说，你要是考个大学，你看我心不心疼你。赵梅花说，高中你都没让我读，考个屁的大学。赵爱猪说，你要是考上一中，我能不让你读？赵梅花没吭声。

　　吃过早饭，赵爱猪把六姐妹召集起来说，叫你们回来，我
有事和你们商量。六姐妹围成一圈，坐在赵爱猪边上。赵爱猪
望着赵菊花说，菊花，除开那个事，爸心不心疼你你晓得。赵
菊花说，爸，不说了，我都是快做奶奶的人了。赵爱猪又看
着另外五个说，养你们七个，我背也驼了，腰也弯了，要说不
苦，你们都不信。赵梅花说，爸，你有事直说，莫绕半天的弯
子，又不是外人。赵爱猪瞪了赵梅花一眼说，大人说话，你个
丫头莫插嘴。他顿了顿说，大碗考上大学了，屋里都替他高
兴。你们都晓得，我年纪大了，供不动了。第一年的学费不要
你们出，屋里存的有。后面几年，你们六姐妹每人每年出五百
块钱，不够的，我凑。赵爱猪说完，六姐妹都没说话。赵爱猪
对赵菊花说，菊花，你是大姐，你表个态。赵菊花说，爸，我
没意见。赵爱猪点点头说，你们五个出嫁的，大姐家里最困
难，大姐没意见，你们几个也表个态。赵梅花说，爸，我没
钱。赵爱猪说，没钱你去赚，村里像你这么大的姑娘，都出去
打工了，你也莫成天赖在屋里。赵梅花闭了嘴。赵杏花、赵桃
花、赵菜花说，爸，按你的意思办。见六个女儿都答应了，赵
爱猪松了口气说，爸养你们十几二十年，这次算你们帮爸完成
个心愿，我们赵家要出个人物了。

　　到了开学，赵大碗想自己去，赵爱猪不肯。他说，哪个大
学生不是父母送去的？你父母又没死。赵大碗说，爸，你年纪

大了，跑来跑去辛苦。赵爱猪说，我不怕。赵大碗说，你又帮
不上什么忙。赵爱猪说，我不帮忙，我儿考上大学了，我想去
大学看看。赵爱猪说完这话，赵大碗不说了。到出门那天，除
开赵爱猪，六姐妹也来了。她们说，既然出了钱，我要去大学
看一眼。一行八人，浩浩荡荡去了武汉。

　　进了学校，安顿好赵大碗，赵爱猪领着六姐妹回来。临行
前，赵爱猪站在武汉大学门口，回头往里面望，感慨地说，大
学到底不一样，这气派，古代皇帝住的地方怕也不过如此。赵
爱猪指着门口牌坊上的字问赵大碗，大碗，牌坊上写的什么？
赵梅花撇了撇嘴说，装，这几个字你不认得？赵大碗看了一
眼念道：国立武汉大学。赵爱猪哑巴哑巴嘴说，国立，那就
是最厉害的了。赵大碗说，也不是最厉害的，最厉害的是清华
北大。赵爱猪说，你别长别人志气，灭自己威风，这么大个牌
坊，还国立，怎么就不是最厉害的了？赵大碗闭上了嘴。赵爱
猪接着说，大碗，既然进了城，你要好好扎下根来。赵大碗点
了点头。赵爱猪又说，该吃吃，该喝喝，没钱了你和家里说。
同学间相处，莫想着占人家便宜，莫让人看不起。赵大碗说，
知道了。赵爱猪说，要好好读书，出人头地。赵大碗不耐烦地
说，爸，你说了一百遍了。赵爱猪说，你都记住了？赵大碗
说，记住了。赵爱猪说，那我就放心了。说完，领着六姐妹走
了。送完赵爱猪，赵大碗回到宿舍，同学说，你屋里人真多。

赵大碗说，是多，他们非要来。同学又说，怎么没见你爸来？赵爱猪说，我爸来了，另外六个是我姐。同学看着赵大碗，似乎不相信，又说，你爸那是老来得子啊。赵大碗点了点头。

赵大碗进大学头一年，万事平安。到了第二年，赵爱猪病了。赵爱猪原本不胖，这一病更瘦了，身上的骨头一根根支起来，整个人像是骨头顶着张皮，阴森森的可怕。生病之前，赵爱猪是有感觉的，喘不过气来，吸一口气肺里抽搐一下，像是被人狠狠打了一拳。咳得厉害了，赵菊花害怕了。她说，爸，还是要去医院看看。赵爱猪按着胸口说，不看，看也是死，不看也是死，我不怕死。赵菊花走到赵爱猪背后，帮他揉背，硬生生的发疼。挨了一段时间，赵爱猪熬不住了，他不怕死，抗不住疼，身上的肉一块一块像是拆开来了。到医院一看，医生问，谁是家属？赵菊花战战兢兢地说，我。医生说，你到我办公室来一下。到了办公室，医生拿出张X射线光片指着一大片阴影说，你看都烂了。赵菊花心里抖了一下问，有救吗？医生说，都肺癌晚期了，没得救。你放医院也没有意义，浪费钱。赵菊花又问，那还有多长时间？医生想了想说，这个说不定，每个个体的情况不一样，有的长有的短。正常情况下，三到六个月吧，也有挨一年的，少得很。赵菊花"哇"的一声哭了出来，医生说，你别哭了，带老人家回去，该吃吃，该喝喝，有什么心愿赶紧办了。赵菊花问，我爸都这样了，他还能吃什

么？医生眼睛低下去，看着片子说，也是吃不了什么，他这个
状况，喝口水都容易呛到，能吸口气就不容易了。

在医生办公室哭完，赵菊花又到楼道哭了一场。等哭完
了，她心里安定了，她不是舍不得赵爱猪死，是觉得赵爱猪可
怜。赵爱猪是个孤儿，还不记事父母死了。等长大了，好不容
易娶了个媳妇，一连生了六个女儿。在乡下，没儿子被人瞧不
起，打架也打不过人家。赵爱猪六个女儿，个个长得不差，还
是被人看不起，都说赵爱猪要绝后。生了赵大碗，村里人的嘴
算是堵住了，七个孩子活生生把赵爱猪身上的肉吃光了，只剩
下一身骨头。好不容易等赵大碗考上大学，赵爱猪的腰杆直了
起来，见人说话声音也大了。好日子没过上一年，他的腰又弯
了，这次是被肺癌给折腾的，他这一辈子是苦不出头了。一想
到这，赵菊花又想哭，她不能哭了，赵爱猪还在病房等着她。
擦干眼泪，去了病房，赵爱猪看着赵菊花说，我的日子不多了
吧？赵菊花说，爸，没事，医生说过几天就能回家了。赵爱猪
说，你别骗我，不看医生我也晓得我的日子快到头了，你老实
跟我说。赵菊花拉过赵爱猪的手说，爸，真没事。赵爱猪摇了
摇头说，连你也学会骗我了，要是没事能到医院来？你跟我
说，我还有多少日子。赵菊花看着赵爱猪的脸，"哇"的一声
又哭了出来，医生说大概只有几个月。赵爱猪听完说，还好，
还有几个月，我们不住了。出院，我要回去。

　　回到家，赵爱猪对赵菊花说，你打电话，喊大碗回来，我有话跟他说。赵菊花说，我这就去打电话。接到赵菊花电话时，赵大碗正在宿舍打牌，听完赵菊花的电话，赵大碗放下牌说，不打了，我要回去。同学说，有什么事这么急，打完这盘再说。赵大碗说，我家老头怕是不行了。匆匆回到家，赵大碗一眼看到了躺在床上的赵爱猪。赵爱猪脸上苍白，一点血色都没有，瘦得像个骷髅，用针也挑不起肉来。见赵大碗回来，赵爱猪挣扎着从床上爬起来，靠在床头说，大碗，你回来了。赵大碗赶紧搬个板凳坐在赵爱猪床边说，爸，我回来了。赵爱猪说，你回来了好，请假了吧？赵大碗说，请假了，我和老师说了。赵爱猪说，大碗，我有话对你说。赵大碗说，爸，你说。赵爱猪说，你六个姐姐，五个嫁了，都成家立业了。梅花虽说还没谈对象，我不急，她是个女的，总是别人的人，我担心你。赵大碗说，爸，你别担心，先把你身体照顾好。赵爱猪叹了口气说，我好不容易等了个儿子，还是看不到儿子成家立业。我不怕死，我不甘心。听赵爱猪说完，赵大碗心里酸得不得了，他说，爸，我迟早要结婚的，给你生个孙子。赵爱猪说，我是等不到那一天了。喘了口气，赵爱猪说，大碗，我没别的要求，你谈对象不能谈乡下的，你要找个城里姑娘，把农村的根断了。赵大碗说，好。赵爱猪又说，你也是不争气，要是早点谈个对象，不说看你结婚，我看我儿媳妇一眼，死了也甘心了。赵爱猪说完，赵大碗半天没说话。过了一会，赵大碗对赵爱猪说，爸，我有对象了。赵爱猪原本暗淡的眼里放出光来，他说，你有对象了？你莫骗我，我都是快死的人了。赵大碗说，爸，我没骗你，谈了几个月了，还来不及和你说。赵爱猪问，城里还是乡下的？赵大碗说，城里的。赵爱猪说，那就好，那就好，你带她回来给我看看，看一眼，我死了也甘心。赵大碗扭过头说，爸，我这就去接她回来。

赵大碗转身回了学校，坐在车上，他想，怎么开口和王素贞讲。王素贞是赵大碗打牌赢回来的。王素贞在外国语学院，学的法语。外国语学院的女生比文学院还要多，都是文科院系，平时交往比较多，更重要的是中文系的女生和外语系的女生住同一栋楼，一来二去，慢慢就熟了。外语系的女生比中文系的女生洋气，更招人喜欢，也不好追。王素贞在外语系不是特别显眼，就长相来说，勉强算是中等偏上，平时不大搭理人，属于高冷的类型。中文系的男生说起王素贞颇有些不满，说王素贞又不是国色天香，还整天一副嘚瑟得不得了的样子，牛什么啊。赵大碗见过王素贞几次，一起参加过诗社的活动，她的嗓音倒是蛮动听的，婉转清脆，有点发嗲的样子。大学生活看似丰富，也是无聊。除了上课、参加社团活动，其余时间多在宿舍打牌。那天几个舍友的赌注是谁输了，谁去追王素贞，把她追到手了，看她到底有什么好牛的。从赌注来看，大家不喜欢王素贞，至少不是特别喜欢，不然不至于要输家去追王素贞。赵大碗不是刻意输的，他的牌烂，想打赢确实难。如果赌注换成赢的去追王素贞，赵大碗和王素贞可能还是和以前一样，见面打个招呼。没见面，也不会惦记。多年之后，赵大碗想起来，觉得这都是命。

赵大碗输了牌，赢了个女朋友，这是他没有想到的。打完牌，他给王素贞宿舍打了个电话。王素贞没在，是她舍友接的。赵大碗说，王素贞回来了，麻烦叫她给我回个电话，我有事找她。放下电话，赵大碗继续打牌。他当着大家的面给王素贞打了电话，意味着他已经尽了输牌的责任，至于王素贞怎么回应，那就不是他的事情了。打完牌，赵大碗去食堂吃饭，又到操场打了一会篮球。等他回到宿舍，舍友嘻嘻哈哈地说，大碗，大碗，王素贞给你打电话了。赵大碗脱下球衣说，别扯淡了。舍友说，真的，她说过一会再打过来。赵大碗去冲了个澡，刚回到宿舍，电话响了。舍友接起电话说，大碗啊，他在的，你稍等。舍友捂着话筒嬉皮笑脸地说，王素贞！赵大碗愣了一下，接过电话，王素贞嗲嗲的声音传了过来，大碗，你给我打过电话？赵大碗说，嗯，你不在宿舍。王素贞说，你找我有事？赵大碗说，也没什么事。电话那边"哦"了一声。赵大碗说，你方便出来不？当面和你讲。王素贞想了想说，好的。约好地方，赵大碗放下电话，换了身干净的衣服。

　　去到大学生服务中心，赵大碗远远看到了王素贞，她面前摆着一杯可乐。赵大碗走过去坐下说，自私，就买一杯。王素贞笑了起来说，谁知道你喝什么。说吧，我请你。赵大碗说，不用了，我自己来，你还要什么？王素贞说，够了，不想吃东西。赵大碗起身买了杯可乐，又到王素贞对面坐下。王素贞说，你找我有事？神神道道的，电话里还不肯说。赵大碗说，也没什么事，就是想看看你。王素贞的脸红了一下说，我有什么好看的，要看你去看王子瑶。王子瑶也是法语系的，和王素贞同一个宿舍，丰乳肥臀大长腿，时髦性感，名扬整个武汉大学，追她的男生能排到东湖边上，这还不包括挤到湖里淹死的。王子瑶名气大，据说文学院有一半的男生想和王子瑶约会，一大半给她写过情诗或情书。王子瑶确实也有资本，有钱漂亮，成绩又好，要命的是她还是某模特大赛中南片区冠军。更何况王子瑶胸怀博大，雨露均沾，给她写情书情诗的男生一律以礼相待，凡是约会，只要有空，来者不拒。你想想看，一个大美女，和你一起吃饭，一起在美丽如画的校园里闲逛，那是多么惬意的事情，更不要提四面八方传过来的羡慕嫉妒恨的眼光给人带来的快感。和王子瑶约会的男生虽多，也只限于吃饭，散步，没听说有人取得更大的成就，她是活生生的女神，一个亲民有爱心的女神。赵大碗笑了起来说，王子瑶艳名远播啊，连你们女生都知道了。王素贞也笑了起来说，你们男生那点小心思，还能骗得了女生？赵大碗说，那确实，女生有第六感嘛。两个人聊了一会王子瑶，又扯了会诗歌，王素贞看了看表说，快十点半了，宿舍要关门了，我该回去了。赵大碗说，好的。王素贞说，你真没事？赵大碗说，真没事。王素贞说，要是你想我帮你给王子瑶带情书什么的，直说，你又不是第一个。赵大碗说，真不是，我没那么无聊。王素贞说，看来你还是个好青年嘛。

　　送王素贞回宿舍，路灯昏暗，树影婆娑，天上还有又大又圆的月亮。赵大碗看了看王素贞，发现王素贞其实长得挺好的，五官精致，一点也不霸道，和有些女孩子张牙舞爪的漂亮相比，他更喜欢王素贞这样的，不惊人，耐看。王素贞穿着小碎花的裙子，身形苗条。赵大碗心里突然动了一下，他发现他是真的有些喜欢王素贞了。赵大碗侧过身望着王素贞说，王素贞同学，我想和你说个事。王素贞微微笑了起来说，我就知道你有事，还扭扭捏捏半天。赵大碗站在王素贞面前，王素贞似乎有些紧张，手足无措的样子。赵大碗想了想，吞吞吐吐把打牌的事说了。听赵大碗说完，王素贞的脸涨得通红，像是受到了极大的羞辱，她冲赵大碗喊，赵大碗，你无耻！说完，哭着跑了。赵大碗追上去说，王素贞，我不是这么想的。王素贞哭喊着，你滚，你滚，你别跟着我。赵大碗想拉住王素贞的手，王素贞挣脱开说，赵大碗，你无耻，我再也不想见到你了。

　　赵大碗给王素贞打了几天电话，王素贞不接。去楼下等，王素贞躲楼上不出来。赵大碗在女生楼下等了王素贞几天，王素贞一直没露面。有女同学看见赵大碗，问他，大碗，你干吗呢？赵大碗说，我等王素贞，你帮我给带句话给她，我有事和她说。女同学上去了，又下来说，王素贞让你回去，她说不想见你。赵大碗说，那我等她。女同学说，大碗，好了，回宿舍睡觉，又不是只有王素贞一个女的。赵大碗摇头说，我要和她说清楚。在女生楼下等了几天，外国语学院和文学院都知道了，同宿舍几个哥们有些害怕，这事闹得有点大。他们对赵大碗说，大碗，算了，打牌嘛，好玩嘛，干吗非得这么认真。赵大碗说，不是这个事，我得和王素贞说清楚。舍友说，这事能说清楚吗？赵大碗点了点头说，能。等到第六天，下起了大雨，赵大碗站在女生楼下，像个傻子。经过的女同学说，大碗，下雨了，先回去，明天再来。赵大碗说，你帮我给王素贞带个话，今天晚上，她要是不下来，我就不走了。女同学说，大碗，你还真是死心眼啊，王素贞有什么好啊，值得你这样。楼上的窗口时不时有人探出头来，朝赵大碗指指点点。雨越下越大，女同学上去了，下来时手里拿了把伞，把伞递给赵大碗，女同学说，大碗，听话，回去啦。赵大碗说，我说了，今天她不下来，我就不走了。女同学的眼泪快出来了说，大碗，你这是干吗？王素贞这个坏女人，她不要你，我要你，你回去好不好？赵大碗摇了摇头说，我说了我不回去。女同学把伞撑开说，那你拿着伞，身上都湿透了。赵大碗说，我不要。女同学哭着回了宿舍，手里拿着一把湿淋淋的伞。雨下了一整晚，虽然是夏天，赵大碗浑身冷得发抖，手上脚上起了厚厚的皱，他几乎呼吸不过来了。天刚亮，女生宿舍门一打开，赵大碗看到一个人跑过来抱住了他，她带着哭腔说，你傻啊，你傻啊。赵大碗定了定神，看清是王素贞，他缓缓说，我不傻，我有话要对你说。王素贞说，别说了，你赶紧回宿舍换身衣服。赵大碗说，我是输了牌才来追你，但我是真喜欢你。王素贞说，我知道，我知道，别说了。赵大碗说完这句，"啪"的一声倒在了地上。等他醒过来，发现自己躺在校医院里，王素贞在旁边看着他，手里拿着个苹果，小媳妇一般。

　　找到王素贞，赵大碗说，我爸不行了，估计活不过这个冬天。王素贞吓了一跳说，什么病？这么严重。赵大碗说，肺癌，晚期，医生说大概只有几个月的命。看着王素贞，赵大碗在家里没流的眼泪"哗哗哗"地流了下来。王素贞抱住赵大碗，拍着他的背说，别哭，别哭，人总有老的一天。在王素贞怀里哭了一会，赵大碗抬起头，擦了把眼泪说，我爸苦了一辈子，眼看快出头了，人又不行了。王素贞摸着赵大碗的头说，你有空多陪陪老人，让老人走得安心些，这个我也帮不了你什么忙。赵人碗说，我爸有个心愿未了。王素贞说，老人都这样了，能办的事能了的心愿，子女能做的就做了。赵大碗说，这个事我一个人做不了。王素贞问，什么事？赵大碗说，我爸说他不怕死，遗憾的是到死都没看到儿子娶媳妇，连儿媳妇长什么样都不知道。听赵大碗说完，王素贞的脸刷地红了，她明白了赵大碗的意思。她说，你怎么想的？赵大碗说，你能不能跟我回家看看我爸？

赵大碗带着王素贞回了散花洲。从学校回来前，王素贞问，要不要买点东西？赵大碗说，不用。王素贞想了想说，还是买点水果吧，总不能空着手去你家。买了水果，王素贞说，你等等，我回宿舍换套衣服。等王素贞从宿舍出来，赵大碗看到王素贞把身上的短裙换了，换成了过膝的连衣裙，头发重新梳过，手指上的指甲油也洗掉了，皮鞋换成了学生气的运动鞋。王素贞过来挽住赵大碗的手说，走吧。在车上，两个人没怎么说话，王素贞靠在赵大碗的肩上，看着车窗外陌生的原野。他们穿过城市，上高速，越过长江，种满棉花的平原，下车，又转了一次车，站在了散花洲。赵大碗牵着王素贞的手往家里走，有人看见了问，大碗，回来了？赵大碗说，嗯。人们的眼光都看着王素贞，赵大碗把王素贞的手握得更紧了。

进了屋，赵大碗拉着王素贞到了赵爱猪床前，赵爱猪微闭着眼睛。赵菊花走过来，轻声轻气地说，爸刚睡着。赵大碗牵着王素贞的手站起来说，这是我大姐，刚进来忘了介绍。赵菊

花搓着双手说，你们先坐会，我给你们倒点水。给赵大碗、
王素贞倒了碗水，赵菊花说，你一出门爸就开始念叨，问你什
么时候能回。赵大碗看了王素贞一眼说，我和素贞说完就往回
赶，一点都没耽误。赵菊花望着王素贞说，真是辛苦你了。王
素贞看着赵大碗，不知道怎么接话。赵大碗说，姐，你忙你的
吧，素贞跑了一天，也累了。赵菊花说，那你们先休息会，等
爸醒了我叫你们。赵大碗带着王素贞回了他房间。家里只有赵
大碗一个男孩，其他孩子以前是挤在一起睡的，赵大碗独自一
个房间。进了赵大碗房间，王素贞朝四周看了看，指着一张照
片说，那是你？赵大碗点了点头说，五岁照的，和现在不像。
王素贞认真看了看照片，又看了看赵大碗说，像，眉眼都没怎
么变。赵大碗收拾了一下床铺说，有点乱，要不你先休息会？
王素贞说，算了，真躺下也睡不着。王素贞拉着赵大碗的手
说，大碗，我有点紧张。赵大碗伸手抱住王素贞说，别怕，我
家里人都很好的。王素贞说，还是有点紧张。

　　两人在房间里待了一会，赵菊花过来敲门，大碗，爸醒
了。来到赵爱猪床边，赵爱猪靠在床上坐着，脸上带着笑。赵
爱猪望着王素贞说，大碗调皮，你要多管管他。王素贞脸红
了，她说，大碗很乖的。赵爱猪说，你们都是读书人，我没读
过书，要是说了什么糊涂话，你不要在意。王素贞说，叔叔，
你太客气了。赵人碗接过话说，爸，素贞给你买了水果。赵爱

猪说，让你破费了，你还在读书，给我买什么东西，浪费钱。
王素贞说，不贵，没花多少钱。赵爱猪说，你有这个心，我就
很高兴了。几个人闲聊了一会，赵爱猪喊过赵菊花说，菊花，
你去买鱼买肉，素贞过来了，多做几个菜，莫让人说我屋里没
礼性。

　　晚上吃饭，赵爱猪撑着从床上起来，他好几天没下床了。
赵爱猪坐在主位上对赵大碗说，大碗，你多给素贞夹菜，她个
姑娘家，脸皮薄，不要饿着。赵菊花给王素贞夹了两块鱼，赵
大碗给王素贞夹肉，王素贞碗里堆了一堆鱼肉。王素贞轻声
对赵大碗说，你别夹了，我吃不完。赵爱猪像是想起了什么，
说，菊花，你拿几个酒杯过来。赵菊花看了赵爱猪一眼说，
爸，你喝不得酒。赵爱猪说，我叫你把酒杯拿来。赵菊花拿了
几个酒杯过来，在赵爱猪面前放了一个，又给赵大碗放了一
个。赵爱猪说，你给素贞也放一个。王素贞说，叔叔，我不会
喝酒。赵爱猪说，你拿个杯子，能喝多少算多少，不要你喝
多。酒倒上，赵爱猪抖抖索索地拿起酒杯说，大碗，素贞，你
们把杯拿起来，爸有话跟你们说。王素贞看了看赵大碗，赵大
碗点了点头，两人拿起酒杯。赵爱猪说，大碗，素贞，我怕是
只能跟你们喝这杯酒了，你们的喜酒我是喝不上了。又看着王
素贞说，素贞，大碗就他一个人，你们以后要互相学习，互相
照顾，两个人在一起不容易。赵大碗说，爸，放心。赵爱猪

说，那我喝了。说完，拿起杯舔了一口，又舔了一口，放下杯，赵爱猪说，我现在连一杯酒都喝不下去了。吃了几口菜，赵爱猪问王素贞，素贞，你是哪里人？王素贞说，杭州。赵爱猪说，杭州，那是个大城市吧？王素贞说，杭州是浙江省会，有个西湖。赵爱猪说，西湖和东湖哪个大？我送大碗上学，看过东湖，东湖好大。王素贞说，我也不知道哪个大，等你好了，我带你去西湖看看。赵爱猪说，那怕是要你烧给我看了。喝了两口汤，赵爱猪对赵菊花说，菊花，你扶我到床上去。又对王素贞说，你们慢慢吃，吃饱，别到屋里第一顿饭饿肚子。

吃完饭，一家人准备睡了。赵爱猪招手叫赵菊花过去，问，素贞晚上睡哪？赵菊花愣了一下。赵爱猪说，素贞不是大碗对象吗？我屋里不讲那么多规矩。赵爱猪说完，赵菊花懂了。她去赵大碗房里帮赵大碗铺好床，放了两个枕头，走到堂屋对赵大碗和王素贞说，床我铺好了，素贞辛苦一天，你们早点睡。赵菊花说完，王素贞脸又红了，她装作没听到。她原本以为她是要和赵菊花睡的。来之前，她问过赵大碗，赵大碗说，你和我大姐睡，我爸病了，我大姐过来照顾我爸。现在这个安排，赵大碗有点意外，赵菊花偷偷给赵大碗使了个眼色。赵大碗拉起王素贞的手说，素贞，你先回房睡吧。进了房间，赵大碗红着脸，支支吾吾地说，素贞，你别想多了，不是我的主意。王素贞倒松了口气，来之前赵大碗告诉她，她要和赵菊花睡，王素贞还有些忐忑。赵菊花年纪大，要是和她睡，总不能一句话不说，真要说，又不知道说什么好。再说，她也不习惯和陌生人睡，哪怕是个女的。相比而言，和赵大碗睡反倒轻松些。两人恋爱几个月，牵过手，亲过嘴，除开最后一道，该做的他们都做了。要是不这样安排，让她主动提出和赵大碗睡，这话无论如何说不出口，现在正合了她心意。王素贞坏笑着问，你睡哪？赵大碗看了看床上的两个枕头说，我怕是要在这睡。王素贞说，不准乱来，不然别怪我翻脸。赵大碗说，我不敢。

第二天吃过早饭，赵大碗和王素贞要回学校，过去和赵爱猪辞行。赵爱猪从枕头底下摸出张折叠起来略略鼓起的报纸递给王素贞说，素贞，你到屋里来，我也没什么东西给你，是个意思。王素贞愣了一下，很快明白了，连忙推辞说，叔叔，不用了，真不用了。赵爱猪像是生气了说，拿着，你不是嫌少吧？王素贞可怜巴巴地望了赵大碗一眼，求救一样。赵大碗说，爸给你的，你就拿着吧。王素贞收下了。赵爱猪摆摆手说，你们走吧，早点回学校，别耽误了学习。上了车，王素贞拿出报纸，递给赵大碗说，你爸给的，你拿回去。赵大碗说，爸给你的，你不拿着他心里过不去。两人打开报纸，里面包着一沓钱，有一百，有五十，还有十块的，票面有些旧了。王素贞数了数，整整两千。她说，你爸给我这么多钱干吗？赵大碗望着那沓钱说，我们那的规矩，新媳妇上门要给见面红包。王素贞说，我又不是你媳妇。赵大碗拿起钱摸了摸说，这钱我爸怕是藏了有些时日了。

过了两个月，赵爱猪死了。临死前，赵爱猪又看到了王素贞，他似乎想说两句话，但说不出来了，他鼻子、喉咙里只有出的气，没有进的气。埋了赵爱猪，王素贞说，赵大碗，我好像成了你赵家媳妇似的。赵大碗说，你不愿意？王素贞说，以后的事情谁说得好，反正现在我们在一起。赵大碗说，以后我们也要在一起。看着赵爱猪的坟头，王素贞说，叔叔，这是你儿赵大碗说的，以后要是谁负了谁，你看着办。赵大碗牵着王素贞的手，平原上阳光亮得吓人。要不了几个月，赵爱猪坟头上的草该长起来了。

2

大学毕业，赵大碗随王素贞去了深圳。

当年的深圳一派热火朝天的景象，全国人民的眼光集中在这个南国边陲的小渔村。这是一个飞速发展的城市，每天创造着各种传奇，高楼大厦雨后春笋一般长了起来，农田和果园崩塌般退出占据了几千年的土地。街上满是朝气蓬勃的年轻人，他们相信来到了梦幻般的城市，很快他们会成为城市的主人，就像当年美国西部的淘金汉。

赵大碗其实不想去深圳，他想去北京。

去深圳之前，赵大碗没去过广东，也没去过北京。深圳的淘金潮他不懂，更没有把握，只知道村里去深圳的都是没文化的青年，在工厂干着最苦最累的活，他看不上。王素贞对赵大碗说，我们去深圳不可能进厂，我们是要做管理人员的。赵大碗说，你怎么知道在深圳一定能干好？王素贞说，不试试你怎么知道？赵大碗不想试，北京才是他梦想的地方。作为一个眼看要成名的诗人，他想去北京。北京，中国的首都，政治经济文化中心，全国有名的文化人几乎都在北京。赵大碗说，如果去北京，我肯定能成为一个很牛的诗人。王素贞说，我知道，可诗歌当不了饭吃，以后我们要结婚，要生孩子，这都要钱。赵大碗说，我们晚点结婚，先做事业。王素贞说，我是个女人，没那么远大的理想，我就想嫁个男人，给他生孩子，一家人好好过日子。赵大碗说，我在北京也能挣钱，找个工作不难。王素贞说，我不想去北京，一去北京，你的心会野的。你家就你一个男孩，六个姐姐，她们都还指望你出人头地呢。我们不说出人头地，多赚点钱也能帮下她们。王素贞说到这，赵大碗像是被人打了一巴掌，他的学费怎么来的他知道。他进大学那个月，赵梅花坐了二十多个小时的火车去了深圳。为了去深圳，还是去北京，赵大碗和王素贞僵持了两个月，最后，赵大碗妥协了。他觉得王素贞说得有道理，如果他真是个很牛的诗人，在深圳他一样可以很牛。等他真牛了，他才有资格和牛的诗人对话，而不是以崇拜者的姿态跟在后面察言观色。

　　毕业聚餐，赵大碗喝醉了，他吐了三次。班上的同学哭啊，抱啊，生离死别似的。都喝傻了，几个人在包房里抱头痛哭。有同学问赵大碗，大碗，你不去北京了？赵大碗说，不去了。同学指着他鼻子骂道，大碗，你真是傻啊，你一个诗人不去北京，去什么深圳。我告诉你吧，搞艺术的，就算一条狗，也要去北京。你往天安门城楼上一站，就算你是个傻子，那也是全国著名的傻子。赵大碗说，我不是狗，我也不是傻子。同学说，那你更应该去北京。赵大碗说，我去深圳。同学说，你为了一个女的，值得吗？哪儿还没有女人。赵大碗说，我爱她。同学骂道，你就是个傻子。

　　等赵大碗醒过来，他躺在一家小酒店。房间逼窄，床边放着一个黑色的垃圾桶，里面装满他的呕吐物，发酵后的酒味一阵阵地散发出来，让人恶心。赵大碗翻了个身，头疼欲裂，他喝得实在太多了，后面的事情全都不记得。洗手间里有响动，赵大碗喊了声，谁？他猜是王素贞。果然，听到赵大碗的声音，王素贞从洗手间出来，手里拿着条热毛巾，她给赵大碗擦了擦脸说，你醒了？昨天你喝得太多了。赵大碗拿过毛巾擦了把脸说，你怎么来了？王素贞说，你同学打电话到我宿舍，说你喝多了，让我来看着你。赵大碗说，我没丢人吧？王素贞说，还好。听王素贞说完，赵大碗估计他是丢人了，至于闹了什么样的笑话，他不想知道，知道了会羞愧的，不如不知道的好。赵大碗擦完脸，王素贞问，还想吐吗？赵大碗说，吐空了。王素贞清理了垃圾桶，又给赵大碗倒了杯水，顺手打开房间窗户。喝了口水，赵大碗说，有点饿了。王素贞说，要不你起来，我们出去吃饭。赵大碗说，我还想睡一会。说完，眼睛定定地看着王素贞，拍了拍身边的空位，示意王素贞睡到他身边来。王素贞说，你先去洗个澡，一身臭味，难闻死了。洗完澡，力气又回到了赵大碗身上，他看了看下面，硬起来了。

赵大碗裹着浴巾回到房间，钻进被子，解开浴巾对坐在床边的王素贞说，你陪我睡会。赵大碗和王素贞在一起快三年，真正独处的机会不多，他还不习惯在王素贞面前赤身裸体。王素贞凑近赵大碗，闻了闻他脖子上的味道，赵大碗往里面挪了挪，王素贞穿着衣服上了床，靠在赵大碗怀里，摸着赵大碗的腹肌。年轻真好啊，那时的赵大碗还有六块线条分明的腹肌，他大腿上的肌肉精瘦有力。赵大碗摸着王素贞的头发说，昨天喝多了。王素贞说，我知道。赵大碗说，我同学说我傻。王素贞说，你怎么傻了？他们才傻呢。赵大碗说，他们说我应该去北京，但我选了深圳。王素贞往赵大碗怀里挤了挤，亲了下赵大碗的嘴说，我知道你爱我。赵大碗把王素贞的手拉过来，王素贞稍稍挣扎了下，赵大碗压了上去。

火车"哐当哐当"地由北向南，一路穿过湖北湖南抵达广东，经过隧道时刺耳的声音撞击着耳膜，耳朵里像是插入了一根尖刺，口腔和脑部阵阵酸胀。车上挤满了和他们一样的年轻人，他们的目的地是广州、深圳、东莞或佛山、中山，热力蓬勃的珠三角。赵大碗要了几罐啤酒，一包花生米，车窗外是他不熟悉的原野，他离散花洲越来越远。王素贞挨着赵大碗坐着，手里拿着一罐啤酒，赵大碗有种荆轲刺秦的悲壮感，这感觉来得莫名其妙而真实。他看着王素贞，想着这是他唯一的亲人了。

　　下了火车，赵大碗背着背包，拖着两个硕大的行李箱，车站人声嘈杂，五湖四海的人在此会聚，仿佛一个巨大的超级市场，贩卖着他们的青春和热血。出了车站，赵大碗拦了辆出租车，对司机说了地址。来之前，王素贞家里托人给她租好了房子，提前收拾干净了。王素贞家就她一个女儿，命一样宠着。来深圳是王素贞的主意，按他们家的想法，女孩子还是回杭州好。山好水好风景好，人长得都滋润些。王素贞坚决要去深圳，说是回了杭州，一安逸下来，什么都不想干了。家里拗不过王素贞，只好说，你去吧，去吧，不让你去，你死都不甘心。王素贞对赵大碗说，大碗，这就是深圳了，我们来了。今天我们住酒店，全深圳最好的酒店。说完，对司机说，师傅，带我们去深圳最好的酒店，要最好的。从车站到酒店大约花了半个小时，穿着红色制服的帅气门童礼貌地向他们问好，接过他们手里的行李。到了前台，王素贞对服务员说，我们要最高的楼层，可以看见整个深圳那种。服务生说，好的，请稍等。进了房间，放下行李，等服务生走了，赵大碗说，好是好，太贵了。王素贞走过去，捧着赵大碗的脸说，今天是我们到深圳第一天，我可不想第一天就窝在冷冰冰的出租房，以后想起来都凄凄惨惨切切的。开房花了赵大碗身上一半的钱，他笑了起来说，接下来我们得喝风了。王素贞说，不会，我有钱。再说，我们到深圳可是冲着发财来的，这几个小钱算什么。

　　洗完澡，睡了几个小时，他们起床吃了晚餐。回到房间，城市早已进入夜晚，灯亮了起来。王素贞拉开窗帘，坐在飘窗上说，大碗，你看，这就是深圳。站在一百多米高的地方看着深圳，赵大碗的情绪激昂起来，仿佛整个深圳都被他踩在脚下。王素贞对赵大碗说，大碗，我们以后会像现在一样，站在这个城市的高处俯瞰整个城市，等我们在这个城市立住脚了，你想干什么干什么。王素贞站了起来，她对赵大碗说，大碗，你坐到床上去。等赵大碗坐好，王素贞站在飘窗边上脱掉上身的T恤问，我美吗？赵大碗说，美。王素贞问，是我美，还是王子瑶美？赵大碗说，你美。王素贞脱掉牛仔裤，身上只有文胸和内裤，她问，赵大碗，你爱我吗？赵大碗说，我爱你。赵大碗想站起来，抱住王素贞。王素贞叫了起来，大碗，你坐着别动！王素贞伸手解开文胸扣说，大碗，你想要吗？赵大碗的呼吸急促起来，他想扑过去说，想，我快忍不住了。赵大碗的热血涌上大脑，他觉得他的身体像一具加满油的机器，充满无穷的活力。

工作来之前联系好了，赵大碗去文化局，王素贞去投资公司。王素贞的法语专业具有对外优势，更何况她的英文也过了专业八级，这样的专业人才即使在深圳这个国际大都市也是稀缺的。对这个安排，王素贞有她的分析，她说，大碗，你喜欢搞文化，去文化局算是专业对口，体制内也有保障。我在公司里面，一内一外，再怎么样也能过下去，我们不会比别人过得差。你相信我，我们会出人头地的。对王素贞的安排，赵大碗没有异议。在这方面，王素贞比他早熟，她的父辈见多识广。赵爱猪和赵大碗的六个姐姐什么都不能给他提供，他能走到今天，多少有些误打误撞的运气成分。

到深圳安顿下来，赵大碗想起了六姐赵梅花。他给赵梅花打电话，告诉赵梅花他住的地方。赵梅花说，等周末放假我来看你。赵大碗等了一个礼拜，又一个礼拜。他问赵梅花，姐，你怎么还不来？赵梅花说，我一个月只有四天假，这个月厂里订单多，忙得脱不开身。赵梅花过了大半个月才来看赵大碗，进了屋，赵梅花说，你这里真好。赵大碗和王素贞住的是一房一厅的小套间，刚过来，还简陋，王素贞收拾得井井有条，有些家的意思。王素贞买了菜，留赵梅花一起吃饭。赵梅花说，

还是我来做吧，你一个大学生哪里会这些。赵梅花进了厨房，
赵大碗跟了进来说，姐，你还好吧？赵梅花一边洗菜一边说，
别的还好，就是累，厂里事情太多了。赵大碗看了看赵梅花的
手，不像二十几岁人的手，疙疙瘩瘩的。赵大碗问，姐夫呢？
赵梅花说，都在厂里，平时也难得见。他住他厂里，我住我厂
里，一个月见不上几回。赵大碗说，那也不是办法。赵梅花
说，打工还能怎样，都这样。赵大碗说，姐，对不起。赵梅花
笑了起来说，你是不是傻了，跟姐说什么对不起。看到你有出
息，姐高兴，还是读书好。你要是没读书，和我一样也得进厂
里。送赵梅花回去，赵大碗对王素贞说，我真对不起我姐。王
素贞说，先别想这么多，你好好工作，以后有条件了，给姐找
个好点的工作，也算是尽心了。

　　从住的地方到文化局，算上坐地铁和步行的时间，大约需
要四十分钟。王素贞去公司一个小时出头，她还要转一次公
交。通常情况是这样，七点，赵大碗起床，去楼下买早餐，等
他回来，王素贞已收拾妥当，他们一起吃早餐，一起出门。如
果不买早餐，他们会一起去楼下，随便吃点什么，接着各奔东
西。出了地铁站，街道两旁的榕树枝叶繁茂，灰褐色的根须飘
荡在空气中，赵大碗眯着眼，他还不太习惯深圳直射的阳光。

　　到深圳三个月，赵大碗慢慢习惯了深圳的生活。文化局的
工作对赵大碗来说没什么难度，不外乎组织文化活动，写写公

文，公文有套路，不费心，赵大碗也没有把工作做得出类拔萃的想法。通过诗人朋友介绍，赵大碗很快认识了深圳的一群诗人。在诗人们的交流里，赵大碗找到了他的身份感，他是个诗人，不是那个在办公室里谨小慎微的小职员。

刚开始，王素贞对赵大碗和诗人混在一起不太在意，在她看来，赵大碗本来就是个诗人，这没什么好说的。时间长了，王素贞不乐意了。诗人们喝酒经常喝到半夜，碰到周末，喝到东方发白也不少见。赵大碗回到家里，几乎每次都是一身酒气，有时还带着酒气脱她的衣服，动作粗鲁。次数多了，王素贞有点烦。这和她接触的人群太不一样了，她周围的人礼貌客气，说话轻声细语，衣服永远是整洁的。即使喝酒，也是点到即止，很少喝到东倒西歪不省人事。朋友间私下聚会，喝的多是红酒，斯斯文文的。王素贞只得对赵大碗说，大碗，我不反对你出去喝酒，别喝太多好不好？每次你晚回，我都睡不着，担心你出事情。赵大碗说，我能出什么事情，喝酒，又不是出去打架。王素贞说，你是不怕，我担心。再说，你一两点回来，把我吵醒我睡不着，还得伺候你，我第二天一早还要上班。赵大碗说，你睡你的，不用管我。王素贞说，我怎么可能不管你，你是我男朋友，我要和你结婚的。赵大碗说，我睡沙发，不吵你。躺在沙发上，赵大碗望着白色的天花板，他看到了天安门城楼，毛主席站在天安门城楼上说，中央人民政府成立了，中国人民从此站起来了。他想站起来，立正，向毛主席敬个礼。他再睁开眼，天花板白色一片。

在诗人圈混了大半年，赵大碗热情逐渐消退。每次聚在一起，除了喝酒，还是喝酒，偶尔谈论诗歌，赵大碗发现共同语言越来越少，他们的想法和观念在两个频道上，难以达到共鸣。他想不明白，在深圳这个国际化大都市，为什么他们写着那么落伍的诗歌，要么控诉打工苦难，要么怀念乡村。他和关系最亲近的诗人谈过这个问题。诗人说，大碗，你不懂。在深圳，还在写作的多数处于社会底层，你说他们能写什么？他们没办法写现代诗，也不会有那样的眼界。赵大碗说，难道整个深圳都这么写？诗人说，也不是。赵大碗问，写得不一样的人在哪？诗人看了看赵大碗说，他们不在这个圈子，平时也很少露面。赵大碗像是明白了点什么，他和诗人的联系慢慢少了。

对赵大碗的这些变化，王素贞喜形于色，她对赵大碗说，大碗，你看，你肯定不愿意成为一个只会抱怨的人，那有什么意思？我们要积极地开创未来。和诗人的交往少了，和各类投资人、企业家的交往多了。王素贞说，大碗，他们才是深圳的精英，你多和他们交流，会有收获的，会帮助你打开视野。王素贞带赵大碗参加过几次公司组织的大型活动，也参加过数次私下的小酒局。赵大碗这才发现，他要重新认识王素贞了。在学校里，他以为王素贞是个什么都不懂，只知道念书的小女孩，她看他的眼光多少是带着些崇拜的。现在，王素贞在各种场合游刃有余，他却笨拙得像个乡下农民，就像一条鲨鱼闯进了一片陌生的水域，勇猛无益。和王素贞一起出去吃饭，他的着装由王素贞打理。至于谈的话题，出发之前，王素贞会大体说说，以免赵大碗说得太离谱，显得浅薄。好几次应酬回来，王素贞委婉地提醒赵大碗，他不懂酒场规矩，有些失礼。在赵大碗看来，王素贞的朋友圈比诗人圈更无趣一些。他对王素贞说，王素贞，你不觉得你们圈子特别假吗？一个个假里假气的，说的全都是自己都不信的鬼话。王素贞说，你想他们说什么，一上来就把底线抛出来？赵大碗不屑地说，那也不用这么假。王素贞笑了起来说，你搞清楚，这本来就是应酬，应酬本来就是互相试探。

到深圳一年多，赵大碗诗写得越来越少，他不想写，缺乏写的激情。翻看以前写的诗，像是看着一个梦境。他在那个梦境里能够清晰地看到青年的朝气，还有酣畅淋漓的才气。现在，写一首诗对他来说是无比艰难的，每一个字都像难产。好不容易写完一首，再一看，像是看个丑孩子，自己都忍不住恶心。王素贞倒是愈发精神，她脸上散发出明亮的光，那光照到赵大碗身上，让他显得愈发颓废猥琐，无所事事。赵大碗淡出诗人圈后，几乎没了应酬，他那份工作原本很少应酬，就算应酬，也轮不到他。他资历浅，还不到上桌子说话的份。再说他又不是个女的，又不是能歌善舞八面玲珑的类型。下班回到家，赵大碗不想做饭，往沙发上一躺，打开电视，神游云外。王素贞下班买菜回来，做好了，喊他出来吃，免不了絮絮叨叨，说赵大碗不体贴，有空也不做做饭。碰到王素贞有应酬，赵大碗宁可饿着，也懒得动一下。一个人待在家里，本来不大的家空阔起来，让人觉得冷。等王素贞回来，洗完澡，该睡觉了。有几次，王素贞睡了，赵大碗搬把椅子坐在床边看着王素贞。她睡得真好，呼吸均匀，饱满的胸部微微起伏。她翻过身来，圆润的臀部和修长的大腿塞进赵大碗的眼睛。这真是个好女人。赵大碗看着王素贞，几乎想哭出来。他把手插进头发里，低下头，掩住脸，不敢看躺在床上的那个女人。有次，王素贞醒了，她睁开眼，看着赵大碗说，大碗，你怎么了？赵大碗不说话。王素贞爬起来，抱着赵大碗的头说，宝贝，没事的，我爱你，不管怎样，我都会和你在一起，我爱你。赵大碗趴在王素贞的怀里哭了起来，像个受尽委屈的孩子。王素贞说，你别想那么多，我们现在挺好的，对不对？她抱着赵大碗，把他带上床，脱掉他的衣服，引领他进入她的身体。王素贞的下体湿润，像是赵大碗的泪水都流进了她的身体里。

赵大碗想离开，他受不了，王素贞对他越好，他越想离开。

正式和王素贞谈是在赵大碗有这个想法一个月后。那一个月，赵大碗神色不安，他想离开深圳，不是想离开王素贞。王素贞对他怎样，他心里有数，他不傻。深圳再好，也不是他的，至少，不适合他。赵大碗和赵梅花聊过一次，他说，姐，我不想待在深圳了。赵大碗说完，赵梅花吓了一跳，她说，你干吗，你现在不是挺好的吗？在赵梅花看来，赵大碗的生活好得不能再好了，工作清闲，受人尊重，王素贞对他也是真疼。赵梅花对赵大碗说过，大碗，天下的女人，除开屋里几个，怕是没人比王素贞对你更好了。两人条件一比，更显示出好来。不管是家庭条件，还是工作，王素贞明显比赵大碗强出一大截。在赵梅花看来，赵大碗是高攀王素贞了。赵大碗说，我不喜欢深圳，在深圳我什么也做不了，整天像个傻瓜似的。赵梅花说，我搞不懂你们读书人的想法，我只晓得打工赚钱过日子，喜不喜欢都得做，不做就没钱用。赵大碗说，姐，这不是钱的问题。赵梅花说，你别跟我说，你去和王素贞说，要是王素贞同意，我没话说，我管不了你。

赵大碗把想法和王素贞说了。王素贞安静地听赵大碗说完，没吵没闹。等赵大碗说完，王素贞说，大碗，你是不是觉得在深圳没办法发挥你的才华？赵大碗没吭声。王素贞说，大碗，才华其实不重要，重要的是去做。你不做，再有才华也没有用。你要是觉得文化局不适合，你想干什么自己想，我不拦你。赵大碗说，不是这个，在深圳我老觉得我是靠你，我厚不下这脸皮。王素贞说，我没觉得你靠我，再说，我愿意。赵大碗说，我不想。沉默了一会，王素贞问赵大碗，你想好了？赵大碗点了点头。王素贞说，你既然都想好了，我就不说了。走之前，我们好好吃个饭。

办好辞职手续，赵大碗打了个电话给王素贞说，我辞职了。王素贞说了句，我知道了。说完，把电话挂了。回到家里，王素贞对赵大碗说，你辞职了，这是真要走了。他们去了来深圳第一晚住的酒店。王素贞说，从哪里开始，从哪里结束，也算是一个圆满的结局。吃完饭，王素贞喝醉了。买单的时候，赵大碗说，今天我买。王素贞"嘻嘻"笑了起来说，这就开始跟我见外了。赵大碗说，不是见外，不能总是让你买单。王素贞说，这是真见外了。出了餐厅，到了大堂，王素贞靠在赵大碗身上说，大碗，今天我们不回去，我要睡上次我们睡的那个房间。赵大碗说，乖，回去，浪费钱。王素贞推开赵大碗，摇摇晃晃地走向前台说，要回你回，我要睡我们上次睡的那个房间。赵大碗只得搂住王素贞说，好了，好了，我们住上次那个房间。

开好房，进了房间。王素贞坐在沙发上，理了理头发问赵大碗，大碗，我是不是喝多了？赵大碗摸了摸王素贞的额头，发烫。他说，是喝多了，我扶你睡。王素贞说，我不睡，我睡什么觉，我要喝酒。赵大碗说，素贞，你别闹了，乖，房间没酒。王素贞叫了起来，没酒你不会买？你都要走了，我想你请我喝杯酒怎么了，怎么就不行了？赵大碗说，好，喝酒喝酒。王素贞伸出手说，你给我根烟。赵大碗说，你不会抽，别抽了。王素贞又叫了起来，我不会抽，我学行不行？给王素贞把烟点上，王素贞抽了一口，咳了起来。赵大碗拍了拍王素贞的背说，都说了让你别抽。王素贞又抽了一口对赵大碗说，大碗，你今天老实告诉我，你为什么要离开深圳，为什么要离开我？赵大碗说，我和你说过了。王素贞使劲地摇着头说，我不信，我不信，我哪对你不好了？赵大碗说，我没说你对我不好，你对我很好。

门铃响了，服务生送了酒来，王素贞打开一罐说，来，干杯。喝完一罐酒，王素贞说，赵大碗，你说说，你为什么要离开深圳？想了想，赵大碗说，王子瑶前段时间来深圳了。王素贞把酒罐用力地放在桌子上说，那个坏女人。又问赵大碗，你和她睡了？赵大碗说，你想什么呢，我和她有什么关系。王素贞笑了起来说，赵大碗，你是不是一开始想追王子瑶的，阴错阳差才追了我？赵大碗说，不是。王素贞说，那个坏女人来深圳干吗？赵大碗说，出差。王素贞说，她来出次差，你就要离开深圳，你还说你们没有奸情？你到现在还在骗我。赵大碗坐到沙发上，搂住王素贞。王素贞用力挣扎，赵大碗更用力地搂住她。等王素贞安静下来，赵大碗说，我和王子瑶真的没什么。王素贞说，那你怎么不告诉我？我和她还是同一个宿舍的，她怎么不联系我，反倒联系你？赵大碗说，这我不知道，我怕你多心。王素贞说，你到底还是说了。赵大碗点了根烟说，她告诉我，我们在北京的几个同学混得都挺好的，我们宿舍老高你记得吧？他出诗集了。赵大碗说完，王素贞哭了起来说，你还是放不下，我还顶不上一本破诗集了。

哭哭闹闹把酒喝完，王素贞说，我累了，我想睡觉。赵大碗把王素贞扶到床上，脱了鞋子衣服。王素贞伸手说，大碗，你陪我睡。关了灯，赵大碗摸了摸王素贞的脸，他摸到一脸的泪水。他伸手把王素贞抱在怀里，心里一阵阵酸疼。王素贞在赵大碗怀里"哼"了一声说，大碗，帮我把衣服脱了。赵大碗帮王素贞把衣服脱了。王素贞说，大碗，你躺着别动。王素贞把赵大碗的衣服脱了，慢慢地俯下身去，亲他。她的嘴一路向下，他的耳垂、脖子、胸膛、小腹，王素贞的嘴哆哆嗦嗦的，赵大碗一阵紧张，浓烈而陌生的快感弥漫开来。

赵大碗坐飞机去的北京，票是王素贞买的。她说，去北京那么远，坐火车太辛苦了，她舍不得。到机场，赵大碗准备登机了，王素贞站在赵大碗对面说，大碗，我等你一年。这一年，我不找人。赵大碗说，别，我不值得。王素贞说，值不值得这事你不用管，我等你一年。要是一年你还没回来，我们的缘分就尽了。说完，王素贞塞了张卡给赵大碗说，卡里有点钱，你到北京人生地不熟，别太苦着自己。说完，踮起脚亲了下赵大碗的嘴说，我不送你进去了。王素贞转过身，手捂着嘴巴。赵大碗知道，王素贞在哭。

3

　　大雪落下来，白茫茫一片。北京城被大雪覆盖，城市干净明亮，屋顶和树上积满了雪，天空辽阔。赵大碗站在窗边，望着屋外的大雪发呆。他想起小时候，大雪过后，他和小伙伴们在雪地上玩耍。散花洲的雪平铺在地上，一眼望去，除了偶尔凸起的山丘，四野消失，只剩下漫无边际的白。他爱那雪。赵大碗打开手机，拨通王素贞的电话，他对王素贞说，北京下雪了，很大，到处都白了。王素贞说，我知道。赵大碗说，你喜欢下雪的。王素贞说，深圳很热，我穿的裙子。聊了几句，王素贞说，我在上班，回头给你电话。挂了电话，赵大碗回头望了望床上，他想他应该再睡一会。

王素贞挂掉电话，收拾了一下桌面，给董事长办公室打了个电话，说材料整理好了。董事长陈若来说，你送过来一下。进了办公室，看过材料，陈若来说，阿贞，这个单子你跟一下，别人办我不放心。王素贞说，好的，放心。说完，拿起材料准备出办公室。陈若来叫住了她说，你先别走，我有话跟你说。王素贞以为陈若来还有别的事情要交代，她在陈若来对面坐了下来，看了王素贞一眼，陈若来说，你近来气色不太好，注意力也不集中。王素贞说，可能是没休息好，我会注意的。陈若来说，下个月我要去趟法国，你和我一起去吧。王素贞说，公务？陈若来说，半公半私，有单业务要过去谈，正好也度个假。王素贞笑了起来说，这样的话，你叫笑倩姐陪你去好了。陈若来说，她有别的事情，走不开，就这样定了。王素贞说，笑倩姐知道吗？陈若来说，我和她讲过了，她说你去她放心。王素贞没再说什么。陈若来又问，最近和赵大碗联系多吗？王素贞说，老样子，不咸不淡的。陈若来说，其实我挺喜欢他的，小伙子很有想法。王素贞说，就是想法把他给害了，我倒宁愿他没什么想法，老老实实做点事情。

从办公室出来，王素贞想了想赵大碗，她有几个月没见到他了。自从赵大碗去了北京，她一直一个人住，两个人的联系主要靠电话。赵大碗的电话通常比较晚，经常是她都睡了，赵大碗的电话才响起来。赵大碗怎么会在电话里压低声音说，他想她。赵大碗的动向她都知道，很奇怪，她想赵大碗在北京过得很好，混得风生水起，又想他混不下去，回到她身边来。刚开始，赵大碗还和她谈谈北京的事情，后来不谈了，每次电话赵大碗都在说他想她。

赵大碗还在深圳那会，在王素贞的介绍下，赵大碗认识了陈若来和唐笑倩夫妇。王素贞记得他们去的是一家漂亮的西餐厅。她和赵大碗坐一边，陈若来和唐笑倩坐一边，那是王素贞第一次见到唐笑倩，她和照片上一模一样。说来也是凑巧，那天本来陈若来约了别人吃饭，王素贞陪同，结果对方临时有事没来。陈若来说，看来只有我们两个一起吃了。刚说完这句话，陈若来的电话响了，挂了电话。陈若来说，我太太，她正好在附近，我喊她一起过来吃饭，你不介意吧？王素贞笑了起来说，我有什么好介意的。王素贞刚说完，她的电话也响了，赵大碗问她在哪儿，回不回家吃饭。王素贞说，不回来吃饭了。那边，陈若来做了个手势，让她约赵大碗一起过来。王素贞点了点头说，你过来一起吃饭吧，我和我们老板一起。

过了一会，唐笑倩到了。见到王素贞，唐笑倩说，你是王素贞吧，经常听若来提起你，说你很能干，法语和英语都特别棒。王素贞说，那是夸我，你别信。陈若来笑了起来说，没夸你，要是你不能干，我请你干吗。唐笑倩侧过脸对陈若来说，今天怎么有空？陈若来说，本来约了客户，被客人放鸽子了。唐笑倩笑了起来说，这么说我是替补了？王素贞喝了口水，看了看唐笑倩，唐笑倩四十出头，看上去比实际年龄要年轻些，脸上白嫩，再看她的胸部，王素贞有些自卑。如果唐笑倩的胸部叫乳房，她的只能叫胸脯。赵大碗穿着短裤过来的，和他们一身职业装相比，赵大碗太随便了。见到赵大碗，王素贞站了起来，让赵大碗坐下，介绍道，这是陈董，我老板，这是他太太笑倩姐。赵大碗礼貌地说了声"你好"，和陈若来握了个手。介绍完，王素贞说，这是我男朋友赵大碗。赵大碗说，叫我小赵好了。王素贞介绍完，唐笑倩笑眯眯地看着赵大碗对王素贞说，你男朋友搞艺术的吧？王素贞说，他是个诗人。唐笑倩说，怪不得，名字这么特别。四个人的晚餐，吃得平平淡淡，本来没什么正事，闲聊了几句，饭局草草散了。

吃完饭，时间还早，王素贞去逛了一会。她买了件衣服，又去超市买了牛奶和面包。回到家，赵大碗对王素贞说，你老板看起来挺好的。王素贞说，嗯，人挺好的，不凶，讲道理，不像有些老板，动不动骂人。赵大碗说，你注意到没，你们老板两口子有点貌合神离。王素贞说，不会吧，我看他们关系挺好的。赵大碗说，亏你还是个女人，你没觉得他们之间客气得不像两口子？赵大碗这么一说，王素贞仔细回想了下说，是有点。转过头又一想说，大概是因为有我们在，人家也不好太亲密。赵大碗说，两口子之间的神态骗不了人的。王素贞说，每个人相处方式不一样吧，我们老板办公桌上放着他老婆照片呢。赵大碗说，这能说明什么？确实不能说明什么。

赵大碗去北京后没多久，唐笑倩给王素贞打了电话，约王素贞一起吃饭，特别叮嘱，你别告诉陈若来。唐笑倩约的地方让王素贞意外，她约的是火锅店。下班，王素贞打了个车，她到的时候，唐笑倩已经到了，笑吟吟地向她招手。火锅店里到处都是人，弥漫着花椒和牛油混杂的味道，她们面前放着一个红油火锅。等王素贞坐下，唐笑倩说，意外吧？王素贞说，有点，两个人吃火锅有点夸张。唐笑倩笑了起来说，我是重庆人，隔三岔五不吃个火锅，心里过不得。这么一说，王素贞明白了。唐笑倩搅了下锅底说，你能吃辣吧？王素贞说，能吃点。唐笑倩又问，能喝酒吧？王素贞说，能喝点。唐笑倩说，那行。她招了招手，对服务生说，靓仔，拿半打啤酒。

酒摆上桌，唐笑倩给王素贞倒上一杯，又给自己倒上一杯，和王素贞碰了下杯说，干杯！喝完酒，唐笑倩舔了舔嘴唇，望着王素贞说，你是不是很难过？唐笑倩说完，王素贞愣了一下。唐笑倩又给王素贞倒了杯酒说，我听若来说赵大碗去北京了？王素贞点了点头。唐笑倩说，男人都傻，放着这么好的女人不要，去什么北京。她一说完，王素贞的眼泪快掉下

来了。唐笑倩举起杯说，别管这些傻男人，我们喝酒。喝完半
打，买完单，唐笑倩说，我们去唱歌，不醉不归。她们又去了
KTV，两个女人喊了两打酒，喝到后面，唐笑倩哭了，她不停
地叫着，傻逼啊，傻逼啊，你说男人怎么都那么傻逼呢？王素
贞陪着唐笑倩一起哭，一起骂。

　　喝完酒，把唐笑倩送到家门口，王素贞犹豫着要不要送她
进去，或者给陈若来打个电话。唐笑倩下了车，摇摇晃晃地
说，没事，我自己进去，你早点回。看着唐笑倩进门，掏出钥
匙，王素贞回到了车上。她全身每一个毛孔都散发着热气，车
内的冷气也无法让她清凉起来。王素贞摸了下额头，滚烫滚烫
的，脑子还算清醒。她给赵大碗打了个电话，"咯咯"笑着
说，大碗，我喝多了。赵大碗说，你回家没？王素贞说，没
呢，我还在车上。赵大碗说，你喝那么多干吗，赶紧回家。王
素贞望着窗外用夸张的语气说，深圳啊深圳，你就像一张温暖
的大床，让我躺在你身上，晃啊晃，晃啊晃。她说，大碗，像
不像一首诗？赵大碗说，你赶紧给我滚回去。王素贞说，不
滚，我不滚，我告诉你，我和唐笑倩喝了一晚上的酒，我喝多
了。赵大碗说，你把电话给司机，我来和他讲。王素贞说，我
不给。你知道唐笑倩说什么了吗？她说，傻逼啊，傻逼，男人
为什么都那么傻逼。哈哈，男人为什么都那么傻逼。

　　接下来的事情，王素贞不记得了。她醒的时候，发现自己

躺在床上，衣服歪歪斜斜地丢在地上，钱包手机都在。她看了看手机，有八个未接电话，都是赵大碗的。她隐约记得她说过"傻逼啊，傻逼，男人为什么都那么傻逼"，到此为止。王素贞给赵大碗回了个电话，赵大碗问，醒了？王素贞不好意思地说，醒了。赵大碗说，没事吧？王素贞说，没事，在家里。赵大碗说，累了就请个假，休息一下。王素贞说，好。刷完牙，洗完脸，又在床上躺了一会，王素贞突然想，为什么唐笑倩会说男人都是傻逼？

办公室要了王素贞的护照和身份证，办手续要用。王素贞没去过法国，她对法国的了解来自小说和电影，埃菲尔铁塔、香榭丽舍大街，还有浪漫的法国青年。巴黎，浪漫之都，她想象过那里。和赵大碗恋爱后，她和赵大碗说他们的蜜月旅行要去法国，她说巴黎是每个女孩子的梦，就像法国香水是每个女孩必备之物一样。她没想到她的第一次法国之旅是和另外一个男人一起，这让她有些忐忑。到公司快两年，王素贞和陈若来一起出去过很多次，多半都是公务应酬，公司的业务基本在国内，偶尔也有国外的客户。陈若来喜欢带王素贞出去，不光因为她的法语和英语。王素贞不多嘴，办事沉稳，应酬优雅得体。经常有客户和陈若来开玩笑，问他从哪里找到这么好的助理，陈若来总是笑笑，不多说。客户的潜台词陈若来和王素贞都听得懂，不解释，留点暧昧的空间，桌上气氛会好很多。

碰到客户灌王素贞的酒，陈若来开始不动声色，看到王素贞喝不下了，他会主动拿起酒杯给客户敬酒，边敬酒边说，阿贞喝不下了，我替她喝，你们就别欺负人家小姑娘了，看把人给喝得。客户笑着说，陈董太怜香惜玉了。陈若来接过话说，自己人当然心疼。众人都笑，王素贞趁机趴在桌子上，喝醉了的样子。等王素贞趴下，要不了一会，陈若来会安排好后面的节目，抱歉地对客户说，不好意思，阿贞喝多了，我先送她回去，你们慢慢玩，玩得开心。这种情况，大家心照不宣，多数会对陈若来说，陈董先忙，春宵一刻值千金，赶紧，赶紧。陈若来扶着王素贞出门，到了车上。王素贞坐了起来，陈若来笑着说，装得不错。送王素贞这么多次，陈若来从来没出格的举动，仅有一次是他喝多了，把手放在了王素贞腿上。

王素贞给唐笑倩打了电话，约她周末一起爬山。王素贞穿着运动服，球鞋，头发挽起来。她对着镜子看了看，毕业不到两年，和在学校时相比，明显成熟了，她不再是当年那个略带稚气的小姑娘。唐笑倩开车来接王素贞，上了车，唐笑倩从后排拎了一个纸盒塞给王素贞说，送给你的。到了山脚，停好车。唐笑倩说，我好久没来爬山了。王素贞说，我也来得少，平时难得有空，宁可在家里睡觉。

从山坡上望过去，除了茂盛的树木，还有一线海湾，海是蓝的，边缘有一条白线。城市的高楼大厦围绕着山林，远处有

工地，高大的吊车还在旋转。两个人爬到半山腰，找了个石桌
坐下，唐笑倩说，这儿能抽烟吧？王素贞望了望四周说，抽
吧，应该没事的。闲聊了一会，王素贞对唐笑倩说，倩姐，我
有事对你说。唐笑倩抽了口烟说，我知道你约我肯定是有事
的，谁没事约老板娘爬山。去法国的事？唐笑倩话一说出口，
王素贞想起了陈若来对她说的话，他说去法国这事他和唐笑倩
讲过。看来，他没有骗人，王素贞放心了些。嗯，是的。王素
贞说，陈董和你讲了？唐笑倩说，和你一起去，我放心。王素
贞笑了起来说，我还怕你多心。唐笑倩说，我有什么好多心
的。如果真有事，我也看不住。王素贞忍不住问了句，你为什
么不和陈董一起去？唐笑倩说，我不想去。王素贞不好再问什
么了。唐笑倩说完，王素贞明白，唐笑倩不是没有时间，她是
不想去。在这个问题上，陈若来没有说实话。

　　先去香港，从香港飞巴黎，整整十三个小时，王素贞头昏
脑涨，她从来没经历过如此漫长的飞行。从机场出来，王素贞
像是踩着一朵云，有种不踏实的悬置感。她的脚用不上力气，
人像飘了起来。陈若来扶着她的腰说，没事，很快到了。进
了酒店，办了入住，王素贞的心放下来了，陈若来开了两个房
间。他们在巴黎待了六天。到巴黎的第二天，陈若来带王素贞
去客户公司谈事情。事情简单得让王素贞以为是个骗局，这么
简单的事情，他们根本没有必要特地米趟巴黎，发儿个传真，

打几个电话完全可以办好。办完事，王素贞问陈若来是不是还有别的事情要办，陈若来说，没了，办完了。陈若来说完，王素贞原本放下的心又提了起来，她想起了赵大碗。接下来几天，他们去了埃菲尔铁塔，罗浮宫，香榭丽舍大街，吃了几次法餐。陈若来送了王素贞两瓶香水、一件衣服和一只包包，不便宜，也不夸张。每次回酒店，王素贞生怕陈若来会说什么，或者去她的房间。

回国前一天，吃过晚餐，回到酒店。陈若来说，去我房间坐坐吧。王素贞说，还是不了。陈若来笑了起来说，怕我会干坏事？心思被点破，王素贞反倒有些不好意思，她说，那倒不是，怕你不方便。陈若来说，我有什么不方便的。对了，我想和你谈谈赵大碗。进了房间，陈若来给王素贞泡了杯咖啡说，这几天感觉怎样？王素贞喝了口咖啡说，挺好的，比我想象的好。她这句话是有潜台词的，两个人来到巴黎，没有什么特别的事情要干，孤男寡女，异国他乡，即使发生点什么也再正常不过。坦率地讲，王素贞心里也不是没有摇晃。在巴黎几天，他们喝了酒，很少，少到几乎可以忽略不计。她担心过陈若来借机喝得烂醉，赖在她的房间，她不可能把他赶走。这样的桥段，电视里演太多了。陈若来没有。陈若来送她香水、衣服和包包，不会仅仅只是上司对下属的关爱，他的眼神她看得懂。很奇怪，他一直压制着自己，这让王素贞好奇，甚至激起她莫名其妙的好胜心，他为什么不来亲亲我？如果他真的来亲亲我，我是不会拒绝的。她被自己的想法吓了一跳。

陈若来坐在沙发上，桌子上的花瓶里插着两支玫瑰，床头的墙壁上挂了一幅油画，上面有一个美丽的裸体少女，她的身体在灯光下朦胧柔美。王素贞看着那幅画，她想到她有同样美好的身体。陈若来问，阿贞，你和大碗怎样了？王素贞回过神说，还能怎样，他在北京，我在深圳。陈若来试探着问了句，那你们还在一起吗？王素贞说，算是，也不是，我说过给他一年时间。陈若来说，为什么是一年？王素贞说，我也不知道为什么，总觉得就这样了，我不甘心。陈若来语气肯定地说，你爱他。王素贞讲了她去赵大碗家的事。等她讲完，陈若来说，我懂了。王素贞说，不，你不懂，你不会明白的。陈若来笑了起来说，我也年轻过。聊了一会，陈若来说，晚了，你该睡了。王素贞站起身，准备回房间。陈若来走过来，抱住王素贞说，你真是个好姑娘。王素贞站在那里，她想伸出手抱住陈若来，到底还是没有。她任由陈若来抱着，身体升起一股暖意。过了一会，陈若来松开手，你该睡了。他的嘴唇碰了下王素贞的头发，没有落在王素贞紧张的嘴唇上。

回到深圳，王素贞睡了一天，蒙头大睡，像是想睡死过去。等她睡好，爬起床，走进洗手间，她看见镜子里的她蓬头垢面，眼睛肿了。洗完澡出米，王素贞穿着睡衣，在房间里走了两圈，她看了看表，下午六点。该给赵大碗打个电话了。这大半年来，他们的感情靠着一根看不见的电话线维持，既真实又虚无缥缈。她难以想象，在古代，一个男人出门，杳无音信，一连几年没有消息，女人是如何熬过来的。他是活着，还是死了，或者有别的女人，这一切都无从知晓。那是多么可怕的黑暗，你只能凭借信念等待着他，也许等来一个疲倦的归人，也许什么都等不到。王素贞和赵大碗每天打电话，至少发几个信息。即使这样，赵大碗在她心里的印象也慢慢模糊了。赵大碗像是她远方的亲人，又似乎什么都不是，只是一个存活在她心里面的幽灵。如今的人，是经不起距离的考验了，不光是精神上的，肉体也是如此，它在用力地呼唤另一具肉体，它渴望纠缠，汗水和黏稠的甜蜜。在巴黎，陈若来抱住王素贞那会，她的肉体像是看到了光亮，它在黑暗中太久了。

赵大碗接了电话问，你回来了？王素贞说，回来了。赵大碗说，这次够久的，打你电话也难得打通。王素贞说，你知道我去了哪吗？赵大碗说，不是去大凉山吗？王素贞说，那是骗你的，我怕你担心。其实，我去了巴黎。那边，赵大碗停顿了几秒。王素贞接着说，我想和你一起去巴黎。你记得我和你说过，我想我们的蜜月是在巴黎。赵大碗说，我记得。王素贞说，我没想到我第一次去巴黎不是和你一起去的。你知道我和谁一起去的吗？赵大碗说，那我怎么知道。王素贞说，你认识的，陈若来，我老板。赵大碗冷冷地说了句，你们上床了吗？
王素贞笑了起来说，没有，我答应过等你一年。这一年我不会
谈恋爱，也不会跟任何人。我说的，我会做到。赵大碗没说
话。王素贞说，你会来看我吗？我想你。说完，又补充了一
句，大碗，我说等你一年，一年快了，我怕我坚持不了更久。
说完，把电话挂了，她的眼泪"刷刷"地流了下来。

　　从巴黎回来，王素贞给唐笑倩带了条披肩，她自己掏钱买
的。她在香榭丽舍大街看到这条披肩，马上想到了唐笑倩。她
想，唐笑倩戴这条披肩一定会很漂亮，比她自己戴更好看。她
摸着披肩问陈若来，好看吗？陈若来说，你戴上看看。王素贞
戴上后，陈若来问，喜欢吗？王素贞点了点头。陈若来说，喜
欢我送给你。王素贞取下披肩说，不用，我自己买，送人。
陈若来笑了起来。王素贞说，你不觉得倩姐戴这条披肩更漂
亮吗？

4

　　医院充斥着浓烈的药水味，穿着白大褂的医生护士走来走去。唐德明的病房靠近花园，从病床上望过去是一棵高大的凤凰花树，树下栽了不少红色、蓝色、白色的草本碎花。唐德明认不出名字，他毕竟不是植物学家。偶尔，他会看到年轻的护士推着穿着蓝色病服的病人散步。每天下午四点，他也会在那个花园散步。唐德明的病房是一个独立的大单间，环境还好，再好的病房毕竟还是病房，难以让人喜欢。唐德明的手搭在胸前，他的身体像是贴在了床上，不受控制，唯一自如的是他的脖子，它还可以自由地转动，看到不同的景物，尽管要费些力气。

他的日子不多了，这是他这两年来第七次进医院。这次和以前不一样，他想他是不可能再出院了，这意味着他会死在这里。自从他住院后，学校和学院都派了人来看他，他的学生来了一拨又一拨，他的文集也在紧张筹备中。这意味着他的情况非常不乐观，他很清楚。学校本来还想给他搞一个学术展，回顾他一生的学术成绩，唐德明拒绝了。活到这把年纪，这些事情他看开了。回顾这一生，他总觉得有些荒谬。地主出生，留洋归国，"文革"下放，复起教书，现代知识分子的几个关键词他一个不缺。作为中国著名的经济学家，唐德明的弟子遍天下，如今大都是经济领域的风云人物，这让他骄傲。他尤其喜欢陈若来，他女婿。唐德明还记得第一次见到陈若来的情景，那是在陈若来博士面试上，他柔和温雅的表情打动了他。如果从学术角度考量，陈若来不是那批考生中最好的，他还是义无反顾地录取了他。

在病床上躺了半个月，唐德明对护工说，麻烦你给我女儿打个电话，让她回来，我怕是熬不过这几天了。接到电话，陈若来刚刚从法国回来。唐笑倩对他说，我爸不行了。两人匆匆赶到医院。见到陈若来和唐笑倩，唐德明扭过头望着他们说，你们来了。唐笑倩拉住唐德明的手说，爸，你怎么了，进医院也不和我说一声。唐德明挤出个笑脸说，你们都忙，不想打扰你们，我在这挺好的，学院安排了人，医院还有护工。唐笑倩看着唐德明的脸，消瘦，眼睛深深陷了进去，他一头雪白的头发略略带黄。唐笑倩看着唐德明哭了起来，唐德明摸了摸唐笑倩的手说，这么大人了，还像个孩子，说哭就哭。说完，对陈若来说，若来，你坐下。陈若来搬了张椅子在病床边坐下。唐德明问，公司的情况还好吧？陈若来说，都还不错。唐德明说，爸老了，要走了，帮不上你什么忙了。陈若来赶紧说，爸，你别多想，好好养病。唐德明说，我日子不多了，可能就这几天。别的我没什么不放心的，我就这一个女儿，从小被我宠坏了，娇生惯养，脾气又不好，你以后多让着她点。陈若来说，爸，你放心。唐德明说，你们结婚这么多年，也没要个孩子，以前还催催你们，现在催不动了。聊了一会，唐德明对陈若来说，若来，我有几句话想跟倩倩说。陈若来站了起来说，爸，我去买点水果。他摸了一下唐笑倩的头，带上了病房的门。

等陈若来出门，唐德明叹了口气对唐笑倩说，我知道你对我有想法，但我相信我的做法是对的。唐笑倩说，爸，我们不说这个。唐德明说，不，我要把话说完，再不说就没机会说了。爸这一生经历的事情太多，也看穿了，我们追求的所谓幸福多是虚无缥缈，你没有得到觉得是珍宝，真得到了说不定是

毒药。陈若来虽然没有大的优点，但他肯定不会是毒药。我真
正担心的是你，我不知道我死后你会做出什么事情来。唐笑倩
说，都这么多年了，我还能怎样，你放心吧。唐德明摇摇头
说，你越这样说我越不放心。你看我，就是个例子，当年一心
一意想和你妈在一起，结果呢，自作自受。唐笑倩说，爸，
都是过去的事情了。唐德明说，都过去了，不说了，好自为
之吧。

　　唐笑倩和陈若来陪了唐德明五天，第六天唐德明死了。唐
德明的葬礼隆重又简朴，符合学者的风格。在他的葬礼上，黑
压压一片几乎全是他的同事、学生，亲人很少。葬礼是学校和
学生一起操持的，唐笑倩和陈若来更像一对摆设，站在他们
该站的地方，点头鞠躬，回礼等。忙完唐德明的葬礼，陈若来
夫妇请帮忙的师兄弟吃饭。饭局没有想象的悲伤，相反，大家
似乎都有完成一项工作的放松感，例行的安慰的话当然也不会
少。饭局到中途，唐笑倩出来上洗手间，有人跟了上来。等唐
笑倩出来，来人问，你还认得我吧？唐笑倩不好意思地说，面
熟，一下子想不起名字。来人说，想不起名字没关系，我认得
你。唐笑倩说，我记得你是我爸的学生，别的实在想不起来。
来人说，这些年你和郭子仪有联系吗？唐笑倩说，没有。来人
说，他在兰州，还没结婚。看了看唐笑倩，来人说，你记个电
话，有空和他联系一下吧。回到饭桌，陈若来问，你怎么了，

脸色不太好。唐笑倩说，没事，可能是这几天累了。

回到深圳，唐笑倩一连几天心神不定。她把以前的事都想起来了，郭子仪，这个她以为她已经忘记了的名字，实际上从来没有忘记过。和陈若来结婚后，他们来了深圳。陈若来是广东潮汕人，来到深圳对他来说像是回到故乡。对唐笑倩来说，深圳是个陌生地。这些年，陈若来发展得越来越好，从最开始的小型外贸公司到今天的投资公司，陈若来付出了多少努力，她知道。他们的房子从出租房到高层住宅到别墅，这都是他挣回来的。陈若来疼她，赚了点钱，陈若来对唐笑倩说，你别工作了，我养得起你。唐笑倩不同意，她不是喜欢工作，是不喜欢待在家里。工作对她来说，不过是个消遣。他们至今没个孩子，原因在唐笑倩。她不想生，说是怕疼。陈若来是潮汕人，潮汕人相信多子多福，不生三五个孩子是不会罢休的。尽管如此，陈若来从来没有强迫过她，他说，等你想生了再生。这一等，十几年过去了，唐笑倩从二十出头的小姑娘变成了年近四十的少妇。家里逼得紧了，陈若来撒个谎，他对父母说，我身体有问题，怕是很难有小孩。冲着这个，唐笑倩对陈若来充满感激，感激归感激，她还是不想生孩子。

投资公司应酬多，陈若来动不动深更半夜才回来，唐笑倩不怪他，男人在外面做事辛苦，应酬也是难免。他不会和别的男人一样在外面寻花问柳，他没这个习惯，他一直是个目标明确的人。唐笑倩决定等他，等他回来。唐笑倩坐在客厅的沙发上，打开电视，她喜欢娱乐节目，不费脑子，还能让人笑起来。韩剧和电影她懒得看了，到了这个年龄，她不再是当年那个相信风花雪月的少女，她的青春期早就过了。客厅顶上吊着巨大的水晶灯，一年难得开几次，除非家里来客人或者过节。平时，唐笑倩开小灯，慵懒地躺在沙发上，温暖舒适，具有私密感。打开吊灯，明亮的灯光照亮客厅的每一个角落，客厅显得空阔而刺眼。她和陈若来平时各自睡各自的房间，只有在想做爱时才会去对方的房间。通常都是陈若来来她的房间，她去陈若来房间的次数屈指可数。等到十二点，唐笑倩听到了开门声。进门看见唐笑倩，陈若来放下衣服说，这么晚还没睡？唐笑倩说，睡不着，等你回来。陈若来靠着唐笑倩摸了摸她的脸说，怎么了，不舒服？唐笑倩说，没事。陈若来说，看你心事重重的样子。他以为唐笑倩还在为唐德明的事情难过，这种事情难得安慰，只有靠自己熬过去。陈若来亲了下唐笑倩的脸说，别想太多了，早点睡。唐笑倩说，若来，我想出去转转。陈若来说，去散散心也好，要不要帮你订机票？唐笑倩说，不用了，我自己订。陈若来说，那更要早点睡，不然哪有精力出去玩。

　　洗完澡，唐笑倩去了陈若来的房间。她说，若来，我们是不是很久没有做爱了？陈若来说，是有好久了。唐笑倩说，我想了。唐笑倩的主动激起了陈若来的激情，他们做得热汗淋漓。做完后，唐笑倩没有回自己的房间，她抱着陈若来，缩在他的怀里，像一只受惊的小动物。

早上起床，陈若来已经走了。吃过早餐，唐笑倩订了当天去兰州的机票。飞机飞过黄土高原，从飞机上望下去，满是黄褐色的沟壑，看不到一点绿色。这和广东、湖北大不一样。唐笑倩想，郭子仪会在哪条沟壑里？他是江苏人，从鱼米之乡来到黄土高原。唐笑倩为自己的想法笑了起来，郭子仪怎么会在沟壑里，他在兰州，甘肃的省会。一个省会城市再怎么样，也不至于沟沟壑壑。经过三个半小时的飞行，飞机降落在中川机场。从机场到兰州城区大约一小时的路程，高速公路两旁是别无二致的建筑，玻璃墙面的，水泥的，和内地的二三线城市没什么区别。找到酒店住下，唐笑倩才发现这是一趟多么荒唐的旅行。她只有一个电话号码，她甚至没有确认这个电话号码到底是不是郭子仪的。在兰州，她没有一个熟人，如果这个电话号码是假的，或者哪怕只是错了一个数字，她都无法找到郭子仪。

到兰州第二天，唐笑倩一个人去了黄河铁桥、白塔山、甘肃省博物馆。黄河远比她想象的要窄，恐龙的骨骼则比她想象的还要大。晚上，她去了正宁路小吃街，吃了烤羊肉串，喝了一大碗羊头汤。回到酒店，唐笑倩望着窗外的灯火想，这就是兰州，郭子仪一直生活在这里，他现在离我到底有多远？晚上，唐笑倩睡得意外的深沉，没有做梦，也没有中途醒来，比她在家里睡得还要好。早上起来，唐笑倩拨通了手机上的那个号码，她看着那个名字，迟迟没有点下去，点下去的那一瞬间，她能感觉到她的心跳得厉害，紧缩起来。电话通了，里面传来一个熟悉的男声，唐笑倩问，你是郭子仪吗？那边说，我是，你是哪位？唐笑倩说，我是唐笑倩。电话挂断了。唐笑倩再打过去，这次直接挂断了。唐笑倩发了个短信，我是唐笑倩，我在兰州。过了一会，唐笑倩的手机响了，上面显示"郭子仪"三个字。郭子仪说，你到兰州干吗？唐笑倩说，没什么事，过来逛逛。电话那头沉默了一会，郭子仪说，你住哪？中午一起吃饭吧。唐笑倩告诉了郭子仪酒店地址和房间号，挂掉电话，她又睡了。

　　听到门铃声，唐笑倩从沙发上弹了起来，她走进洗手间，理了理头发，从不同角度看了看自己。她的肩上披着王素贞送给她的披肩，披肩是墨绿色的，有好看的花纹，摸起来像年轻女孩的皮肤，光滑柔软。想到王素贞，唐笑倩笑了笑，那还是个不懂事的孩子。唐笑倩打开门，郭子仪站在门口，唐笑倩说，进来坐坐吧。在沙发上坐下，郭子仪点了根烟说，我以为你跟我开玩笑的，你怎么来兰州了？唐笑倩说，来看看你。郭子仪说，谢谢，难得你还记得我。唐笑倩说，你大概是不记得我了。唐笑倩坐在郭子仪对面，看着郭子仪，这么多年不见，郭子仪头上有了白头发，轮廓还是当年的轮廓，不过成熟多了，他和陈若来不同。陈若来是文雅的，带着书生气。郭子仪粗犷、野性，他的嘴唇还是和以前一样，让人有亲吻的冲动。唐笑倩说，有个消息我想告诉你，也许你已经知道了。郭子仪说，什么消息？唐笑倩说，我父亲过世了。郭子仪掐掉烟头说，我知道，听说了。唐笑倩走到郭子仪身边，抱住他说，不管以前发生什么事情，人死万事休，你也该放下了。郭子仪想了想说，黄河的水也可以是清的。

　　吃过午饭，郭子仪开车带唐笑倩去了刘家峡水电站。从兰州城出发，大约一个半小时，他们到了刘家峡水电站。站在河堤上，唐笑倩看着库区，湖面开阔，远处的山脉依然是土褐色的，湖水清澈透明。如果不是郭子仪告诉唐笑倩，这个河段也是黄河的一部分，唐笑倩是不敢相信的。在她的想象中，黄河浑浊，带着滚滚而来的泥沙，奔腾咆哮。这里太平静，太清澈了。两个人坐在鱼排上晒太阳，郭子仪说，我说过黄河也会是清的。唐笑倩伸了个懒腰说，我没想到会这么清澈。来的路上，唐笑倩和郭子仪讲了唐德明过世的细节。郭子仪说，其实，我应该回去送别的，怎么说也是我老师。唐笑倩说，你不记恨他我就很开心了。离他们十米的地方，网箱里养了鱼，唐笑倩看到了几条尖嘴的鲟鱼，它们在水里游动，有着比其他鱼类更优美的身姿。黄河的水也是会清的，还有尖嘴的鲟鱼。

　　回到酒店，已是晚上十点。郭子仪对唐笑倩说，你早点睡，明天我带你去别的地方转转，来一次不容易，这么远。唐笑倩脱掉外套说，你等等，我先洗个澡，跑了一天，有点累了。等唐笑倩洗完澡出来，郭子仪站了起来说，我该走了。唐笑倩说，你不想在这儿睡吗？郭子仪说，想。唐笑倩说，想就别走了，陪我。唐笑倩问郭子仪，你是喝茶还是白开水？郭子仪说，来杯茶吧。他们晚饭在鱼排上吃的，唐笑倩本来想喝杯酒，郭子仪说，还是别喝了，一会还得开车回兰州，怕路上不安全。唐笑倩同意了，她想着到兰州他们也是可以出去喝几杯的。回到酒店房间坐下，她发现她不想动了。给郭子仪泡了杯茶，唐笑倩问，我听说你还没结婚，是吗？郭子仪点了点头。唐笑倩接着问，是因为我吗？郭子仪喝了口茶说，如果不是呢？唐笑倩说，我会失望的。郭子仪说，还能因为谁。唐笑倩靠在床上，对郭子仪说，你过来。郭子仪站了起来，走到床边。唐笑倩伸出手勾住郭子仪的脖子说，以前欠你的，今天我全部都给你。郭子仪似乎犹豫了一下，很快，他快速地脱掉唐笑倩的睡衣，钻进被子，把唐笑倩压在身下，剧烈地动作起来。大约过了三分钟，他停了下来。唐笑倩摸着他的背说，没事，我今晚都是你的。唐笑倩想，他大概很久没有性生活了。想到这里，唐笑倩有点伤感，又有隐约的骄傲。

　　郭子仪和陈若米都是唐德明的学生，唐笑倩是唐德明的女儿，这真是个俗套的故事。可这世上又有多少故事是新鲜的。
太阳底下无新事，周而复始，如此循环。在唐德明门下读博士
那会，郭子仪比陈若来表现得更有才华，野心勃勃。他高大，
帅气，足球场上的前锋，还能写一手好诗。对此，唐德明不是
太认可，经历过运动之后，他对才气和野心抱有本能的警惕，
锋芒毕露总会吃亏的。陈若来内敛多了，和唐德明在一起，他
说得上谨小慎微，生怕出点差错，做学问也是中规中矩。唐笑
倩背着唐德明和郭子仪约会，唐德明是知道的，对这唯一的女
儿，唐德明珍爱有加。如果换在几十年前，他可能会赞同他们
的恋爱。那会，他也是个朝气蓬勃的年轻人。为了妻子，他从
美国回到内地。他没有想到的是妻子揭发了她，知道真相的唐
德明心如死灰。运动结束后，唐德明重新回到学校，妻子找到
他说，当年她也是迫不得已，她害怕。她想复婚。唐德明拒绝
了，他理解人在恐惧中的反应，但不能接受那个人是他的妻
子。唐德明没有再结婚，他对婚姻或者说爱情彻底失去了信
任。对唐笑倩的婚姻，他没有别的想法，安全富足才是最重要
的。陈若来显然是个安全的人，他的谨慎在唐德明看来也是世
故的一种。经历了那么多事，对他来说，世故未必不是件好
事，他吃亏就吃亏在太不懂人情世故。

　　等唐笑倩带着郭子仪到他面前，他只说了四个字"我不同
意"。唐德明还记得唐笑倩的表情，充满惊讶和意外。在唐笑

倩的心目中，父亲一直是个开明的人，从未野蛮地干涉过她的
生活。她和郭子仪的恋爱，她想唐德明一定是知道的。两个人
恋爱，即使藏得再好，眼神骗不了人。郭子仪一次次到家里，
她对郭子仪的态度明显表示出她是爱郭子仪的。唐德明不可能
不知道，他也曾经年轻过，还是留美归国的。唐笑倩问，为什
么？唐德明从书本上抬起头说，别问了，我不同意。郭子仪
问，唐老师，是因为陈若来吗？唐德明看着郭子仪说，是的。
郭子仪转身走了，唐笑倩想追出去。唐德明喊了声，你回来。
等郭子仪出了屋，唐笑倩又气又恼，爸，你干吗，郭子仪怎么
了吗？唐德明说，倩倩，你还不懂，郭子仪挺好，但他的心太
野了，我怕他以后出事情。唐笑倩说，我不管，我就要跟他一
起。唐德明缓缓说了句，别的事，我不管你，这个我要管。只
要我活着一天，你就不要有这个心思。唐笑倩说，你明知道我
是喜欢他的。唐德明说，你和他谈谈恋爱，我不反对。爸不是
老古董，也懂你们年轻人的心思，但结婚不行，结婚和恋爱不
一样。唐笑倩说，如果我一定要嫁给他呢？唐德明掩上书本，淡
淡说了句，那他永远毕不了业，你如果真爱他，也为他想想。

　　唐德明一句话把唐笑倩定在了那里，她知道唐德明的意
思。如果她不和郭子仪分手，郭子仪的博士学位将是个幻影，
他永远拿不到。学术界的规矩，唐笑倩清楚，唐德明不签名，
这个学位郭子仪不可能拿得到。郭子仪小城镇出生，一步一步

走到今天不容易。唐笑倩想死的心都有了，唐德明的性格她了解，一旦他说出口，基本没有回旋的余地。比如说母亲想复婚，这么多年，唐德明从未松口。唐笑倩劝过唐德明，她说，爸，事情都过去了，妈妈也是迫不得已。唐德明说，小孩子不要插手大人的事，你做好自己的事情。母亲临死前，对唐笑倩说，倩倩，妈知道做错事情了，妈对不起你们，妈也是没有办法。唐笑倩说，妈，我知道，我劝过爸。母亲说，你不用劝了，你爸的性格我知道，他认准的事情，谁也拦不住。母亲一直孤身一人，直到死。唐德明甚至没有出席妻子的葬礼。唐笑倩参加完母亲的葬礼回家，推开房间的门，屋里满是烟气，她还以为家里着火了。再一看，唐德明一个人坐在餐桌前，面前放着一个空酒瓶子，还有半杯酒。唐德明平时不抽烟，偶尔喝酒也是点到为止，多不过三两。唐笑倩赶紧过去扶起唐德明说，爸，你怎么了？唐德明看了唐笑倩一眼说，你回来了。说完，抱住唐笑倩号啕大哭。等唐德明醒了，唐笑倩想和他讲讲母亲的事情。唐德明摆摆手说，不说了，都过去了。

再见到郭子仪，唐笑倩心里不踏实，她怕她把郭子仪给害了。如果任性，她和郭子仪私奔了，郭子仪的博士学位肯定是拿不到了，她也别想再见到唐德明。唐德明不会原谅她的，就像不肯原谅母亲一样。唐笑倩对郭子仪的态度慢慢冷淡下来，尽量少和他见面。即使见面，也不像以前那么亲热。郭子仪很快感觉到了变化，他对唐笑倩说，倩倩，你是不是害怕了？唐笑倩说，我有什么害怕的。郭子仪握着她的手说，倩倩，你不会骗人，我知道你害怕。唐老师不同意，你害怕了。接着，郭子仪对唐笑倩说，倩倩，只要你肯和我一起，别的都不用担心，我能养活你。唐笑倩摸着郭子仪的脸说，我知道你对我好，也知道你能养活我，我自己也能养活自己，不是这个问题。郭子仪说，那是什么问题？唐笑倩说，我爸就我一个女儿，我妈已经让他伤透了心，我不能再伤害他了。郭子仪说，那你愿意伤害我？唐笑倩说，我也不想伤害你，我不能害了你。郭子仪说，我去和老师谈。唐笑倩说，没用的，我求他他都不肯，你说能有什么用。

　　郭子仪找唐德明谈过一次，他问唐德明，唐老师，我想知道您为什么不同意我和倩倩在一起？唐德明说，你们谈恋爱我不反对，结婚不行。郭子仪想不通，他说，如果不是为了结婚，我们谈恋爱干吗。唐德明笑了笑说，恋爱是因为爱情，婚姻不是，婚姻太现实了。郭子仪说，我不懂。唐德明说，你现在不懂也正常，以后就明白了。郭子仪不甘心，他说，为什么，难道陈若来比我优秀吗？唐德明摇了摇头说，我从来没认为陈若来比你优秀。甚至，我可以说，你是我带过的学生中最有天分的。郭子仪说，那是为什么？唐德明说，你的心太野了，这很危险，倩倩和你在一起我不放心。郭子仪说，我可以改。唐德明说，性格是改不了的，它会伴着人一辈子。说完，唐德明又补充了几句，你是我最有天分的学生，除了倩倩，别的我都可以给你。只要你放弃倩倩，以后你需要什么帮助，我会提供支持。你知道，我的同学和学生都在经济战线上，这些年下来，他们都是领导骨干，很有能力。郭子仪说，唐老师，对不起，我不能拿倩倩和你交换。唐德明说，你先不急着回答我，想清楚了再和我讲。郭子仪说，唐老师，这个不用想，我不会同意的。你到底要怎样才会同意倩倩和我在一起？唐德明看着窗外，满是苍翠的树木，有枯黄的叶子随着风轻轻飘动，摇摆，缓缓落在地上。除非黄河的水清了。唐德明说。

陈若来对唐笑倩的好感，唐笑倩能感受到。每次到家里来，陈若来的眼光总会偷偷瞟向她，她试图理解成好奇，或者说是对女孩子正常的欲望。唐笑倩二十出头，正是美好的年龄，脸上自带光芒，她的腰肢柔韧苗条，身材挺拔。她觉得她算得上漂亮，尤其是和周围的女孩子比起来。陈若来时不时约唐笑倩吃饭逛街，唐笑倩应约过两次或者三次。在她看来，这是再正常不过的男女交往。每次放假回来，陈若来总会给她带些礼物，都是国内不常见的。他说，这是我美国亲戚寄回来的。这是我香港亲戚带回来的。如此等等。唐笑倩没放在心上，博士给导师女儿带个小礼物再正常不过了。

唐笑倩想和陈若来谈谈。

　　如果陈若来没有这个想法，唐德明那边不会太坚持，他总不能把女儿硬塞给人家。作为一个知识分子，这点面子他还是要的。唐笑倩约陈若来爬山。学校背后那座山，她和郭子仪爬过无数次。在那座山上，唐笑倩第一次和郭子仪接吻，当郭子仪的舌头探进她的口腔，唐笑倩有种窒息感。还在少女时代，她看过很多书，写到接吻，甜蜜而羞涩。她想象中的接吻只是嘴唇的触碰，蜻蜓点水一般。她没想到她的初吻来得如此猛烈鲁莽，她感觉呼不过气来，很快，美妙的感觉包围了她，她试探着将舌头伸进郭子仪的口腔。郭子仪咬住了她的舌头，用力地吮吸。

　　阳光透过树叶的间隙洒在地上，斑斑驳驳。林间小道偶尔会有经过的老师和学生，空气带着青涩的味道。如果是在恋爱，这真是一条迷人的林间小道。唐笑倩觉得有点傻，她怎么会选择来爬山。走了一会，两人在路旁的台阶上坐下。唐笑倩说，你大概也能想到我找你什么事情。陈若来笑了笑，他总是笑得那么温和。他说，不太清楚，我看你心情似乎不大好。唐笑倩说，师兄，你也不是外人，有个事情我想麻烦你。她把事情讲了。陈若来安静地听她说完，他说，你要我怎么帮你？唐笑倩说，其实，你并不喜欢我，是不是？你只是把我当小师妹，觉得有点可爱而已。陈若来摇了摇头说，不是。他望着唐笑倩说，我喜欢你，我想娶你。唐笑倩说，可我不喜欢。我把你当师兄看，你知道我喜欢郭子仪。陈若来望着林间小道上散步的情侣说，我可以等。唐笑倩说，你这么聪明，会找到比我好的人，没必要耽误自己。陈若来说，我愿意。唐笑倩说，你等不到的。

事实证明，唐笑倩错了，陈若来等到了。他如愿娶了她。临近毕业，郭子仪失踪了，谁也不知道他去了哪里，他连眼看就要到手的博士学位也没有要。对此，唐德明对唐笑倩说，你看，我说过吧，他的心太野了，做事不顾后果，这样的男人是不能托付终身的。唐德明不会想到，之所以出现这样的情况，其实都是因为他。郭子仪失踪前几天，唐笑倩约了郭子仪。她的本意是想缓缓，等郭子仪拿了学位，一切还可以从长计议。她对郭子仪说，子仪，我们先分开一段时间吧。郭子仪问，为什么？唐笑倩说，我是为你好，你要相信我。吃完饭，他们去学校外面的宾馆开了房间。唐笑倩想把身体给他，在一起这么久，他们的接触仅限于接吻和小范围的爱抚。开好房间，唐笑倩抱着郭子仪说，子仪，你要了我吧。一阵狂乱的爱抚之后，郭子仪问，为什么要分开，为什么又要给我？唐笑倩说，我爱你。郭子仪说，为什么不是以前？然后，唐笑倩说了句让她后悔一辈子的话，她说，我们不分开，你是拿不到学位的。唐笑倩一说完，郭子仪抚摸着唐笑倩身体的手停了下来，他说，你这是同情我？唐笑倩说，不是，我爱你。郭子仪从唐笑倩身上爬起来，穿上衣服，望着唐笑倩说，我不要你同情我。说完，狠狠地带上了房门。

嫁给陈若来，对唐笑倩来说，像是命中注定的一劫，她跑不掉。新婚，陈若来看着床单上的一朵花，又意外又惊喜。他没想到唐笑倩觉得疼，特别疼，疼得像是要死去。陈若来抱着唐笑倩说，倩倩，相信我，我发誓要做个有钱人，让你过上好日子，这辈子我都会对你好。唐笑倩信，她知道陈若来不是个坏人，他说得上善良。结婚几年后，唐笑倩问过陈若来，你为什么一定要娶我？陈若来说，我爱你，一见到你我就知道你是我想要的女人。唐笑倩问，那你为什么不早点来追我？陈若来说，我怕唐老师不高兴。唐笑倩"哦"了一声，这符合陈若来的性格。即使追自己喜欢的女人，他也要权衡一下利弊。唐笑倩问，那你后来为什么又敢了？陈若来说，我觉得唐老师应该还算喜欢我。唐笑倩说，如果我爸不喜欢你，你还会追我吗？陈若来说，应该也会吧，我不敢打保票。郭子仪不会这样。唐笑倩想，他不会这样。除了喜欢我，还有别的原因吗？唐笑倩问。陈若来说，坦白说，有，但我不想说。陈若来不想说，唐笑倩清楚。唐德明曾经拿那个原因和郭子仪作交换，郭子仪拒绝了。

在兰州待了几天，唐笑倩回了深圳。郭子仪问，你还会来兰州吗？唐笑倩说，说不定，也许会来，也许不会，你别等。

5

　　王素贞时常想起赵大碗，她这个遥远的男朋友，一个活在
电话里的男人。她能清楚地回忆起他的样子，至于他的声音，
不需要回忆。两个人住的房间，少了一个人，变得空阔，尽管
只有不到五十平方米。赵大碗的拖鞋和水杯还摆在原来的位
置，牙刷插在水杯里，很久没有人用过了。赵梅花给王素贞打
过几次电话，问赵大碗的消息。王素贞说，你是他姐，你给他
打电话。赵梅花说，我是他姐，我和他打电话没有话说，我说
话他也不爱听。王素贞说，我说的话他也不听，他要是听我的

话就不会去北京了。赵梅花说，你是他女人，你叫他回来。王素贞说，我要是能叫他回来，当初他就不会走了。赵梅花说，那就没有办法了？王素贞说，除非他自己回来。说到这些，王素贞略有伤感，她这算什么女朋友。关于异地恋，王素贞看过一个分析，如果女的放弃一切去到男的那里，多半不得善终。男的会觉得来得太容易而不会珍惜。是啊，对他们来说，几乎没有任何成本，白白得了个女人，陪你睡，陪你聊天，在你受伤的时候给你安慰，感动是感动的，毕竟来得轻巧。男的放弃一切来到女的这里就不一样了，成本太高，让他们不得不谨慎。男人，这是一种多么自私的动物，他们有太多的欲望，身体的，名利的，他们一样都不想放弃。赵大碗回深圳会怎样，王素贞不敢想，毕竟深圳和她也没有太大的关系，她不过是寄居其中的一颗沙粒，这里算不得她的地方。

从巴黎回来后，王素贞和陈若来的关系发生了微妙的变化。比如说以前，陈若来虽然关照她，更多的还是像老板对员工的体贴。现在有些不同，陈若来看她的眼神含有男人对女人的欣赏。以前，陈若来的手或者身体不小心碰到了她，她不会多想，甚至不会注意到这些细节。现在不一样，她紧张、害羞，像是一个秘密被发现了。从巴黎回来不久，陈若来约她一起去大梅沙。陈若来给她打电话时，她还在睡觉，电话铃声把她吵醒了。接通电话，王素贞以为陈若来有什么事情要交代，这样的事情以前也发生过，对他们来说周末不周末没什么关系。陈若来说，你起来没？我们去大梅沙吧。来深圳一年多，王素贞还没有去过大梅沙，听说有漂亮的海滩，如果是夏天，到处都是人。王素贞问，有事情？陈若来说，没什么事情，想去海边走走。我一个人不想去，看你有没有空。王素贞问，倩姐呢？陈若来说，她出去旅行了。王素贞答应了。在陈若来接她之前，她化了淡妆，嘴唇上涂了薄薄的透明的唇彩，看上去年轻漂亮。她换上了平时很少穿的黑色塑形内衣，乳房迅速隆了起来，屁股紧俏圆润。陈若来到楼下打她电话，见到王素贞，陈若来的眼睛亮了，又迅速地移开说，可以出发了？王素贞笑了起来说，当然。

　　车从市区开出，穿过一条条街道，房子渐渐少了，山多了起来。王素贞摇下车窗说，经常听他们讲大梅沙，还没来过。陈若来说，其实深圳有很多海滩，相对来说大梅沙、小梅沙知道的人多些。看了王素贞一眼，陈若来问，你带了泳衣吗？王素贞说，没有。陈若来说，也对，天有些凉了，也不适合下水。到了大梅沙，停好车，他们找了个地方吃饭。王素贞浑身轻松，也许是因为天凉的原因，海滩上人不多，说得上少。吃过饭，陈若来说，我们去海边散散步吧，好久没到海边来了。王素贞说，正好，我也想到海边散散步。两个人沿着海滩走了一会，海面远方有青黑色的海岛。王素贞想，如果穿过这些海岛，继续往前，会不会是一望无涯的海水？如果再往前，会不会四周只剩下海水，那该是多么辽阔而孤独。陈若来有话想和她说。王素贞有预感，他不会平白无故地约她来这里，又不是夏天，又是和她一个人。

走了一会，陈若来握住了王素贞的手。王素贞摇了一下，陈若来抓得更紧了。王素贞没再挣脱。在海边，和一个不讨厌的男人牵牵手，有什么呢。她没有必要太作了。你有没有想过唐笑倩为什么没来？陈若来问。王素贞说，你不是说她出去旅游了吗？陈若来说，她是旅游去了。王素贞挑衅一样扭过头，看着陈若来说，这么说，你约我是有预谋的？陈若来笑了起来说，预谋说不上，倒是有心的。王素贞头低了一下。陈若来接着说，我不知道她去哪儿。王素贞有些意外。陈若来说，她没有告诉我。王素贞问，你没问她？陈若来说，我为什么要问？如果她想告诉我，她自然会告诉我。她不想告诉我，我问她又有什么意思。王素贞把手从陈若来手里抽出来说，作为一个女人，我觉得如果你问一下，倩姐会很开心的。陈若来说，你和她不一样，你不懂。王素贞说，我虽然比倩姐年轻些，你们的事我不懂，但我毕竟是个女人。陈若来说，和她结婚这么多年，我似乎从没懂过她，她也不愿意和我说什么。王素贞说，多点时间陪陪倩姐，我觉得她挺孤独的。陈若来说，算了，不说她了。对了，赵大碗怎样了？王素贞说，老样子，在北京混着。陈若来叹了口气说，都不知道人到底是怎么想的。

从海滩回来，天快黑了。陈若来提议去喝点酒，他说，难得清闲地过一个周末。王素贞想了想说，要不我们回去喝吧？从大梅沙回到市区，要个把小时，喝了酒开车不安全。陈若来说，就这里喝吧，如果晚了，我们住这。王素贞的脸热了一下。她说，还是要回去的。他们找了个餐馆，点了几个海鲜。陈若来问，你喝什么酒？王素贞说，我不喝白酒。陈若来说，那喝点啤酒吧？王素贞说，你不是怕尿酸高，不喝啤酒的吗？陈若来说，偶尔喝一点也无妨。两个人喝了八瓶啤酒，陈若来喝了五瓶，都有了点醉的意思。陈若来还想要酒，王素贞说，别喝了，你都醉了。陈若来说，还早，我们买点酒去海边喝吧。夜晚的海滩，海风吹过来，隐约有了寒意，王素贞穿得不多，抱紧了双肩。陈若来问，冷吗？王素贞说，有点。陈若来脱下外套给王素贞披上，顺手搂了搂她的肩。找到地方坐下，陈若来开了罐酒递给王素贞，王素贞说，我不喝了，有点晕。陈若来独自喝了罐酒，对王素贞说，其实我知道唐笑倩去哪了。王素贞说，哦。陈若来说，我知道她去找一个人了。王素贞又"哦"了一声。陈若来说，你觉得我们俩是不是两个傻子？王素贞说，怎么讲？陈若来说，你看，我老婆去找别人，我知道但我不说。你呢，把男朋友放去北京，你怎么知道他现在和谁在鬼混？王素贞说，他不会。陈若来笑了起来说，你真单纯。陈若来又喝了罐酒，他还想再说点什么，王素贞说，我冷了，我们回去吧。

王素贞坚持开两间房。进房间前，陈若来拉着王素贞的手说，你再陪我一会。王素贞说，陈董，你喝多了。陈若来说，我没喝多。王素贞说，你喝多了。陈若来松开手说，好吧，我喝多了。进了房间，锁好房间门，王素贞洗了个澡。她看着镜子中的自己，脸色红润，她没喝多。她突然特别想赵大碗。躺在床上，王素贞给赵大碗打了个电话，他身边声音嘈杂。王素贞问，你在干吗呢？赵大碗说，我在喝酒。王素贞问，喝多没？赵大碗说，没呢，还早。王素贞说，你陪我说会儿话。赵大碗说，我晚点给你打电话，正喝酒呢。王素贞说，就一会。赵大碗说，乖啦，我晚点打给你。王素贞说，晚点我睡了。赵大碗说，那你早点睡。挂掉电话，王素贞关掉手机，她不想等她睡着了又被电话吵醒。

第二天早上，陈若来对王素贞说，不好意思，昨天喝多了。王素贞笑了笑说，还好啦，没事。她开了手机，来电记录显示，陈若来给她打过两个电话，没有赵大碗的记录。

赵大碗在北京的生活，王素贞知道的不多，她只是听赵大碗说。他到底过着怎样的生活，像一个谜。赵大碗刚去北京那会，王素贞还有些担心，怕他过不好，委屈了自己。后来想想，这种担心纯属多余，赵大碗作为一个男人，如果连自己都养不活，都过不好，那还有什么好说的呢。她想得太多了。赵大碗回不回来，王素贞心里没底，她也说不清到底想不想赵大碗回来。他们两个人租住的房间，还残留着赵大碗的气息，生动地提醒着她，有一个男人和她一起生活过。除此之外，赵大碗在她生活中的痕迹已经很淡，淡到几乎看不到了。和深圳街头的小白领一样，她上班、下班，和朋友们一起逛街，偶尔出去喝酒。那都是些美丽的姑娘，有着各不相同的故事，她们的笑脸里到底藏了多少秘密，只有她们自己知道。王素贞觉得她的肉体像是一座监狱，压抑紧张，时时有种炸裂的欲望，另一种无形的力量又死死地压制着她。她给自己造了一座监狱。她认识不少姑娘，有几个男朋友。一年的时间说不上漫长，有一天回头一看，不过像做了个梦。她想尽快在梦中醒来，醒来那天，她会看到一个人，一个她可能不知道的人。

接到唐笑倩的电话，王素贞没觉得太意外。她和唐笑倩的关系有点微妙，说不上太亲近，除了年龄的原因，还有身份问题。唐笑倩是她老板的妻子，平时和她的生活很少交集。再且，唐笑倩比她大，她们的消费观念、消费水平、生活习惯、价值观难免有些差异。公司无事，她都是和同龄的一帮小姑娘一起疯。再者，她在深圳还有几个同学，也有些往来。和唐笑倩的来往，陈若来应该是知道的。他没说什么，既没有阻止，也没有鼓励的意思。从内心讲，王素贞愿意和唐笑倩来往，原因很多。她对唐笑倩好奇。这是个奇怪的女人，她有个在外人看来近乎完美的男人，有钱，长得不错，对她也好，但她似乎并不在意。除了好奇，王素贞也是有小心思的。唐笑倩在深圳这么多年，资源丰富，她可以成为王素贞很好的人生导师，不光是工作，还有生活。比如，她是如何处理两个男人的关系的。王素贞想到了陈若来，他的暗示很明显了，缺少的只是一个契机。或者说，就看王素贞怎么做了。看起来有些荒唐，她居然和暧昧对象的妻子成了朋友。王素贞心里明白，她和唐笑倩的关系还谈不上亲密，还没有好到什么都可以说的程度。

约的地方是一间咖啡馆，王素贞以前和朋友们去过，很文艺，四面都摆着书，多是诗集和小说，还有大量设计的书，据说老板是个设计师。王素贞远远地看到唐笑倩了，见王素贞过来，唐笑倩放下手里的书说，来了？王素贞说，刚到，你等了好久吧，有点塞车。她撒了个小谎，路上并不塞车，出门前她换了几套衣服，想着穿什么合适。和唐笑倩一起，她想尽量成熟些，不要像一个刚刚出社会的小姑娘。唐笑倩说，也没一会，正好看看书。王素贞扫了一眼唐笑倩面前的书，马尔克斯的《霍乱时期的爱情》。王素贞说，倩姐真文艺。唐笑倩笑了起来说，文什么艺，打发下时间。王素贞说，马尔克斯还不文艺啊。唐笑倩问，看过？王素贞点了点头。唐笑倩说，对哦，你男朋友是诗人，这种人路货肯定早就看过的。说到诗人，王素贞脸热了一下，她对诗人这个名称的排斥不知道是从什么时候开始的。以前，她崇拜诗人，觉得诗人像个灵童，会用最精炼、最优美的语言说出世界最隐秘的秘密，这种秘密甚至可以是你已经感知，却无法准确表达出来的。当她身边躺着一个诗人，诗人的神秘感随之消失，代替的是不尽的感慨，那真是一言难尽。王素贞说，什么诗人，我们不说他了。唐笑倩说，最近联系多吗？王素贞说，老样子。

唐笑倩问，你吃什么？王素贞说，牛排吧，这儿的牛排不错。唐笑倩招了招手，对服务生说，来两份果木牛排。服务生说，好的，您要几成熟？唐笑倩对王素贞说，你要几成熟？王素贞说，八成。唐笑倩对服务生说，给我来份七成熟的。唐笑倩点完，王素贞觉得自己又输了。喝了口水，唐笑倩从包里拿出个小盒子说，送给你的。王素贞正想打开看，唐笑倩说，回家再看，保留点神秘感。王素贞接过盒子，放进包里说，谢谢倩姐。唐笑倩又喝了口水说，我很喜欢你送我的披肩，你眼光真好，按说像你这么年轻的女孩子是不会喜欢那种类型的披肩的。王素贞笑了起来说，倩姐又在夸奖我，我都不好意思了。等牛排上来，唐笑倩切了一块，送进嘴里说，我前些天刚出去一趟。王素贞说，哦。唐笑倩说，若来和你讲过吧？王素贞点点头说，陈董提过一下。唐笑倩说，你想不想知道我去哪了？王素贞说，你这满世界飞的，我怎么猜得到。唐笑倩说，我去了兰州。王素贞说，兰州有什么好玩的，你不会为了一碗拉面打个飞的吧？唐笑倩说，当然不会，哪有那么荒唐。我去看一个人。王素贞想起了陈若来对她说的话。王素贞不动声色地说，那这个人也太有面子了，还要倩姐千里迢迢地去看他。唐笑倩放下刀叉，望着王素贞一字一顿地说，男人，我爱过的男人。唐笑倩把话说完，王素贞一时脑子有点短路，她没想到唐笑倩这么直接地把答案说了出来。王素贞问，陈董知道吗？唐笑倩说，他应该能猜出来。王素贞拿着刀叉的手有些不自然，这是个什么情况？唐笑倩说，也许过段时间我还会去兰州。王素贞觉得脑子不够用了，她为什么要和她讲这个，她又不是不知道陈若来是她老板，她到底在想什么？唐笑倩说，你是不是觉得我有毛病？王素贞说，那倒没觉得。唐笑倩靠在椅子上，看着王素贞，眼睛里满是怜爱，像是母亲看着孩子，她说，我觉得你应该去看看赵大碗，有些东西说没有就没有了，追不回来的。王素贞说，那他为什么不来看我，为什么不回来？唐笑倩切了块牛肉说，你啊，到底还是年轻。

回到家，王素贞打开唐笑倩送给她的礼物，一条项链，挂着粉红色的红宝石坠子，标价牌剪掉了。王素贞看了看成色猜，应该不便宜。她把项链放进抽屉。这条项链，她是不会戴的，不管是在公司，还是在外面。

对赵大碗来说，这大半年过得并不轻松。从深圳飞往北京全程三个半小时，飞机降落在首都国际机场，他坐的是夜间航班。飞机进入北京，从空中看下去北京城灯火辉煌，除了灯火城市漆黑一团，灯火标记出道路的线条，他看不清这个庞大的城市。飞机降落的那一刻，他的心随着"噔"了一声。站在首都机场的出口，他想起了他刚到深圳的那个夜晚，他和王素贞找了深圳最好的酒店，那个夜晚王素贞给了他完美的高潮。没有想象中的"北京，我来了"的豪迈，就像没有第一次到海边，见到漫无边际的海水的激动。他和周围的旅客一样，表情生硬，拖着行李箱，走进暮色中的北京。

去北京之前，赵大碗联系了大学同学，还有几位诗歌圈的朋友。赵大碗告诉他们，他要去北京了。他们说，好啊好啊，来吧，你早该来北京了。赵大碗打这些电话，除开告诉他们这个消息，还有些期待。怎么说呢，他想寻求帮助。北京那么大，他孤身一人，他没有把握。到北京第二天，同学请他吃饭，顺便告诉他，你先要找个地方住下来。同学帮他找了一个单间，非常小，除开一张床，一张桌子，房间几乎放不下别的东西。安顿下来，赵大碗给王素贞打了电话，告诉她找到地方住下了，让她放心。王素贞在电话说得很少，赵大碗理解，换了是他，他也会不开心的。第一个礼拜，赵大碗像个游客，他去了故宫、圆明园、长城、国家博物馆、北京大学，当然还有天安门和天坛。白天游玩，晚上和朋友们一起喝酒，酒桌上的热闹让他的热情燃烧起来，他大声地朗诵诗歌，将一杯杯的啤酒灌进他的胃里。这大半年，他干过几份工作，网站编辑、图书公司编辑，还有文学期刊编辑，都是和文字相关的。这些工作难度并不大，需要的只是一份耐心。

和王素贞想象的不一样，赵大碗在北京交往过几个女孩。

到北京第二个月，赵大碗认识了A。他们是在诗歌圈酒局碰到的。进入新世纪后，世界变了，联系变得简单发达，网络的兴起让人们之间的交流扫除了时间和空间障碍。各种论坛，也包括诗歌论坛蓬勃兴起，各路英雄纷纷扯出大旗，建立自己的领地。一时间，诗歌圈热闹非凡，山头林立，骂战和交流并存。更让赵大碗激动的是以往只能在书上见到的诗坛大腕纷纷现身网络江湖，不仅可以直接跟帖交流，看得不爽了还可以直接开骂，管你是谁。网络把人的本性最大地激发出来，嬉笑怒骂敬请随意，真有问题直接约架。赵大碗算是论坛时代的获益者，他那些尖锐性感的诗歌迅速获得了广泛的认同，成为诗歌红人。

认识A那天，赵大碗喝了不少酒。A什么时候进来的，赵大碗不知道。等有朋友拉着A对赵大碗说，大碗，给你介绍下，这是A，民谣歌手。然后指着赵大碗对A说，这是赵大碗，诗人。A身材瘦小，瓜子脸，看起来文静的样子。赵人碗没想到她喝起

酒来会如此凶猛，她和每个人喝了一瓶。轮到赵大碗，A说，喝
吗？赵大碗说，你能喝吗？A笑了笑，一仰脖干掉了一瓶。赵
大碗喝完一瓶，又拿起一瓶和A碰了碰说，喝吗？喝到最后，酒
桌上只剩下赵大碗和A。缓过劲来的赵大碗看看四周问，都走
了？A说，都走了。赵大碗问，你怎么没走？A说，看你好像喝
多了，没人管你。赵大碗说，不忍心？A说，也不是，我饿了，
想吃点东西。赵大碗站起来说，走吧。他们去吃了麻辣烫。午
夜的北京，街道安静下来。吃完麻辣烫，A满足地擦了擦嘴说，
饱了，舒服。赵大碗说，我送你回家吧。A说，不用，我自己
回去。又问，你能回去吧？赵大碗说，能。A说，那就好。赵
大碗问A要电话。A说，这次就算了，如果下次还能遇到你，再
给你。赵大碗点点头。两个人散开，A走的完美直线。等A走远
了，赵大碗抱着一棵柳树"哇哇"吐了出来，他喝得太多了，
刚吃进去的海带、豆腐、肉串吐了一地。吐完，赵大碗舒服些
了。他用手指头敲着树干，轻轻说了声，A。

　　赵大碗没想到会那么快。过了不到半个月，在一次诗歌朗
诵会上，他再次看到了A。A的身份是表演嘉宾，赵大碗是参会
诗人。朗诵会结束，诗人们忙着张罗酒局。活动搞完，一场大
酒是少不了的。赵大碗走过去，问A，你还记得我吗？A说，
记得，赵大碗。赵大碗说，你说过如果再见到我，你会给我电
话。A拿过赵大碗的手机，输入一串数字说，我记得。赵大碗接

过手机，打过去说，这是我的电话。一会一起去吗？A说，不想去了，去了又是一场大酒。又问，你去吗？赵大碗说，我跟你。A背上吉他说，那你跟我走吧。从会场溜出来，A带赵大碗去了一个偏僻的胡同串子，连名字都叫不出来。他们去的是一个很小的餐馆，面积大约二十个平方米，里面零散地摆着几张桌子。A应该是常客，见到A，服务生过来打招呼说，今天吃啥呢？A说，老三样。和服务生打完招呼，A对赵大碗说，我唱歌给你听吧。刚刚结束的朗诵会上，A唱了三首歌，其中一首是根据海子的诗改编的。A的嗓音略带点沙哑、低沉，不像同龄女孩子的清亮。唱完后，A问赵大碗，好听吗？赵大碗说，好听。A笑了起来说，她笑起来有一对浅浅的酒窝。赵大碗问，都是你写的？A说，大部分，有时候也唱别人的歌。赵大碗说，你自己写的歌更好些。A说，你真会说话，经常勾搭姑娘吧？赵大碗想起了王素贞，他说，没有，不太擅长这个。

一边聊天一边喝酒，店里要打烊了。A和赵大碗出来，站在胡同口。胡同口有一排柳树，差不多的个头，枝条无一例外都是瘦的。赵大碗还不想回去，他想和A多待一会。来北京这么长时间，他还没有和人好好说说话。除了工作，他多半在酒局上，一帮人喝啊，吹牛。喝多点酒，仿佛整个北京都是自己的。还有一点，来北京这么久，他还没有过性生活，今天晚上他想了。如果不能把A带回家，他想去找个姑娘。A也没有回家的意思，沿着胡同走了一会，A转过身，盯着赵大碗，认真地说，你想带我回家吗？赵大碗抱住了A。A那么瘦小，在赵大碗的怀里像是个未成年的小姑娘。

A放下吉他，看了看赵大碗的房间说，还挺不错的，比我的要好。赵大碗站了起来，抱住了A。A摸着赵大碗的脸说，是不是很久没有了？赵大碗喘息着亲吻A的脸、脖子和耳垂。

事后，A问赵大碗，你干吗要来北京？赵大碗说，我是个诗人。A说，诗人就一定要来北京？赵大碗说，大概也不是因为这个，我说不清楚。赵大碗问，你干吗要来北京？A说，我只是无聊了。我家乡那个地方太小了，我找不到可以说话的人，也没人知道我想什么。赵大碗说，不是因为音乐？A说，音乐不过是个借口，你以为我真幻想过大红大紫，以后上春晚？赵大碗说，我不明白。A说，你不会明白，就像你不明白我今晚为什么要和你睡觉。赵大碗问，为什么？A把赵大碗的手盖在她的乳房上说，因为它想要人抚摸。A翻到赵大碗身上，亲着他的嘴唇说，我这么说你会不会失望？赵大碗说，有点。A说，那你还想要吗？赵大碗说，想。A俯下身亲了亲赵大碗的胸脯说，你想的话，现在我给你。A在赵大碗身上飞扬起来，她像一只未经驯化的小野兽。

赵大碗想和A住在一起，A拒绝了。她说，我们这样不是挺好吗？赵大碗提出这个建议是在一个月后，他想，既然两个人都需要，为什么不住在一起呢？上床后不久，赵大碗告诉A他在深圳有个女朋友，他以为A会生气。如果A生气，他会告诉A，他们很快会分手，分居两地是一件多么不靠谱的事情，爱情也扛不住距离。A说，你不用告诉我，我也不想知道。有几次，他们在一起时，王素贞打电话过来，赵大碗接电话有些不自然。A知道后说，赵大碗，你该怎么接怎么接，该怎么说怎么说，没关系的。赵大碗说，我像个坏人。A说，你想多了，我不是你女朋友，也不介意你有女朋友。

　　和赵大碗在一起两个月，A消失了，没有任何征兆。前一天晚上，他们还一起参加了民谣音乐节，A唱歌、跳舞，和往常一样。回赵大碗那的路上，A像往常一样买了第二天的早餐。赵大碗上班时，A还在床上。赵大碗亲吻了A。晚上回到家，A不见了。赵大碗没在意。他们不住在一起，A也许是出去了，也许是回家了，也许还有其他事情。这里有一万种可能。赵大碗打电话给A，A没接。再打，打不通了。赵大碗慌了，他这才意识到，他从来没在A那里过过夜。北京那么大，一个人消失了，要找回来几乎不可能。赵大碗残存着一个希望，既然在同一个圈子里，总会有人碰到她。或者某天，他会再次遇到她。赵大碗打了无数电话给身边的朋友，问A的情况，都说没见过。他们反问他，A不是和你在一起吗？A的出现和消失，像一个梦。在赵大碗的房间，没有任何A的痕迹，在他的生活中找不到A存在的证据。有时候，他甚至怀疑，真的有A这个人吗？她真的在他的生活中出现过吗？他的身体告诉他，A存在过，真实无比地存在过，他身体有过的快感不会骗他。A也许厌倦了北京，回到了她曾经拒绝的故乡。在北京，有多少人这样来了又走了，就像河水带走每一片落叶。赵大碗再次被孤独包围，他怀念和A在一起的日子，怀念A瘦小却充满活力的身体。

王素贞去巴黎那次，赵大碗有感觉。他们联系日益稀少，每次电话似乎无话可说，不生活在一起，他们可供交流的话题越来越少，不外乎最近过得怎样，吃饭了没，少喝点酒，早点睡，注意身体之类的。偶尔，他们会说说情话，多半是在喝多之后，或者王素贞睡不着的时刻。电话里的声音细小、暧昧，具有梦幻感。梦幻感是这样一种东西，不真实，虚无缥缈。生活远比梦幻结实，它具体，触手可及。缺少具体生活的体验，王素贞变成了几千公里之外的一个梦。去巴黎之前，王素贞告诉赵大碗，她要去大凉山。赵大碗问，为什么要去大凉山？这听起来和他们公司的业务没有关系。王素贞说，公司组织的公益活动，为大凉山失学儿童筹款。赵大碗略带讽刺地说，你们这是良心发现吗？王素贞说，你怎么说都行。大凉山信号不好，这些天我就不打电话给你了。赵大碗说，好的，你注意安全。王素贞说，没事，又不是我一个人去。等王素贞从巴黎回来，她告诉他，其实，她是和陈若来去了巴黎。赵大碗见过陈若来，说不上讨厌，也谈不上喜欢。他和赵大碗见过的事业有成的中年男人一样，成熟稳重，脸上总是带着笑。让赵大碗意外的是，他感到愤怒、害怕，他怕王素贞和陈若来上床了。即使他在北京有别的女孩，他也不希望王素贞和别的男人在一起，至少在他们分手之前。他们还没有分手，还没有说出那两个字。他认为王素贞理所当然是他的。赵大碗知道这是种没有道理的占有欲，还是无法遏制自己这么想。

和王素贞打完电话，他朝B发了脾气，B惶恐地看着他，问，大碗，你怎么了？赵大碗坐在床边，搂着B说，对不起，我不该冲你发脾气。他把头埋在B的怀里，眼睛发酸。B问，你和她吵架了？赵大碗说，我好像要失去她了。B亲了亲赵大碗的额头说，你还有我，我会一直和你在一起。赵大碗说，你不懂。B说的这句话，赵大碗听起来那么熟悉。

赵大碗做文学期刊编辑后不久认识了B。那是一个在全国还算有名气的纯文学杂志，赵大碗能去那里上班是因为他的诗歌。做了一段时间的网站编辑后，赵大碗烦了，他像一个新闻搬运工，把传统纸媒的新闻稍作加工，搬到网站上。现在听起来，这像一个故事。在互联网初期，几乎所有网站都是这么干的，他们还没有自己的记者，更不要说新闻采编团队了。这是一份毫无技术含量的工作，他只需要把吸引眼球的新闻搬到网上即可。时政、财经这些不好动手脚，社会新闻这块发挥空间就大了。赵大碗要做的就是这些。他很快厌倦了这份没有意义的工作，他想做纯粹的文学。经诗歌圈某大佬介绍，他去了这家杂志。

第一天去上班，赵大碗找了好久才找到地方，他没想到这份颇有名气的杂志居然藏在居民楼里。办公室还算明亮，由于人少，地方说得上宽阔，至少比他住的地方宽阔多了。每个人的办公桌上都堆着厚厚的书报杂志，牛皮纸信封构成桌面的主要色调。主编领着赵大碗走了一圈，把他介绍给同事。介绍完，主编指着张桌子说，大碗，你先坐这，等以后有合适的位置再给你调。先别急着选稿，多看看杂志，熟悉下风格，每个刊物的要求不一样。同一篇稿子，在我们这可能发不了，别的杂志没准是头条。兄弟刊物也要多翻翻，看看最近有哪些新人，哪些新东西出来。赵大碗说，好的。他坐的位置在办公室角落，离厕所很近，时时听到冲水的声音。他满足了。读大学那会儿，这些刊物在他心目中地位崇高，简直闪闪发光。如今，他坐在这里，参与到中国文学的一部分。下班后，等主编和其他人走了，坐在他隔壁桌的编辑探过身来问，大碗，你写诗？赵大碗说，嗯。隔壁给赵大碗递了根烟说，你还是写点小说吧。赵大碗问，为什么？隔壁笑了起来说，我们这点工资自己都养不活，写诗能赚多少稿费？你写点小说，只要不是太烂，不用担心发不了。毕竟我们这个平台还是不错的，同行多少给点面子。隔壁说完，赵大碗懂了。

这是个好玩的地方，如果你爱文学。赵大碗爱文学。编辑部时常有各路人马造访，绝大部分是文学圈人士。在编辑部，时常可以看到文学大腕，他们的到来让杂志社热闹起来。各种寒暄，各种文坛八卦，办公室逛完，照例是要吃个饭的。更多的是文学青年，他们来了待遇就不一样了。通常，怯生生地敲门问，某某老师在吗？然后，从包里掏出一沓稿子，某老师，这是我写的小说，您给我看看？大部分的编辑不喜欢他们，太烦人了。一百个文学青年里，看不到几个有前途的，他们对文学的热爱让人觉得可怜。B是其中一个。

赵大碗清楚地记得第一次见到B的情景。B从门口走过来，走到赵大碗的办公桌旁，对赵大碗说，赵老师，我写了些诗，你帮我看看。赵大碗接过诗稿说，好的，先放这，我看了再回复你。说完，准备送客。B却没有走的意思，她说，赵老师，我很喜欢诗歌，也不知道写得好不好，你给我提点意见。赵大碗说，我看了再和你聊，好吗？B说，赵老师，你是不是在敷衍我？赵大碗说，放心，稿子我会看的。杂志有杂志的周期，你别急。B说，你先看，我不打扰你。说完，拿起本杂志看了起来。赵大碗急了，隔壁的同事给他抛过来一个诡异的笑。赵大碗只好对B说，要不你先回去？你在这会打扰我们工作。B说，赵老师，我不说话，不打扰你们。赵大碗哭笑不得，他想，这姑娘脑子是不是被文学给烧坏了。费了好大的劲，赵大碗总算把B送出门了。回到座位，隔壁对赵大碗说，大碗，第一次见吧？赵大碗说，可不是，缺心眼嘛。隔壁说，以后你就习惯了。

那天，赵大碗在办公室待到很晚，办公室里一个人都没有。下了楼，正准备回家，一个影子闪了出来，赵大碗一看，是B。赵大碗吓了一跳。B笑眯眯地说，赵老师，这么晚才下班啊？赵大碗说，嗯，看稿子。B说，赵老师，你还没吃饭吧？我请你吃饭。赵大碗连连摆手说，不用了，真不用了，放心，稿子我会看的，看了我马上回复你。B说，赵老师，其实我没指望发表，我就想听听你的意见。赵大碗说，你不指望发表干吗拿到编辑部来？我没那么多时间。B的表情暗淡下来说，我就知道你不会看。赵大碗说，会看，我保证会看。B说，我请你吃饭吧。赵大碗想逃掉，他实在不想再纠缠下去了，他真的觉得这姑娘脑子有毛病。赵大碗说，不好意思，改天吧，我约了人。说完，看了看手机说，我得马上走了，不然要迟到了。他转身走了，B在后面喊，赵老师，你记得看啊。那一刻，赵大碗恨不得自己能变身，找个地方藏起来。

赵大碗看了B的诗，写得不好，相当烂，语言和意象全是套路，没一点新意，这样的诗无论如何是发表不了的。他不想和B联系，也懒得说什么。这一说，就更说不清楚了。前三天平安无事。第四天下班，他又看到了B，赵大碗头皮一麻。B问，赵老师，你看了我的诗吗？赵大碗支支吾吾地说，看了，还没看完。B说，赵老师，我请你吃饭吧。赵大碗说，不用了，不用了，我约了人。赵大碗逃也似的跑了。等上了车，赵大碗后悔了，怎么不直接告诉她写得不好呢，告诉她一了百了。说得不清不楚的，还得纠缠下去。果然，过了几天，赵大碗又被B堵在了门口。B问，赵老师，我的诗你看完了吗？赵大碗说，看完了。他正准备说点什么。B说，真的啊，赵老师，我请你吃饭吧，辛苦你了。赵大碗说，吃饭就不用了。怎么说呢，你的诗写得还不成熟。B打断赵大碗的话，高高兴兴地说，赵老师，我知道我写得不好，你能看我就很高兴了。我请你吃饭吧。赵大碗连忙说，不客气，不客气。B说，你今天又约了人吗？赵大碗咬了咬牙说，没有。B说，那我请你吃饭吧。

那顿饭，大概是赵大碗来北京吃得最诡异的一顿饭。他以为B会和他谈谈诗歌，至少听听他对她诗歌的意见。饭桌上，赵大碗数次想聊起这个话题，都让B打断了。她似乎真的只是想让赵大碗看看她的诗歌，至于好坏，如何修改，怎么写都不是问题，她也没有兴趣。赵大碗更加确信，这个姑娘脑子有问题。吃完饭，赵大碗买的单。他不想让B买单，吃了她的饭，接下来不知道还有什么事儿。

他还是把事情想简单了。

　　每隔几天，B在办公室楼下等他。她不和赵大碗谈诗歌，她说，赵老师，你反正闲着无聊，我也没什么事儿，我们一起吃饭吧。赵大碗哭笑不得，他们两个人到底有什么好吃的，这顿饭怎么就没完没了？刚开始，赵大碗以为B是想还他一个人情，他请客，她有些不好意思。吃完B请的，B还是在楼下等他。赵大碗说，我们饭也吃过了，该说的事情也说完了，你别这样，我受不了。B惊奇地看着他说，我怎么你了？我一个女的请你吃饭，又不会把你怎么样。赵大碗说，我紧张。B说，你紧张什么？赵大碗说，我说不清楚，就是紧张，感觉非常奇怪。B说，你是不是觉得我有神经病？赵大碗说，我不是那个意思，我只是觉得，怎么说呢，特别怪异。B说，你放心，我不会把你怎么样的。赵大碗把心一横说，那好吧，你想怎样我陪你。B高兴地拉着赵大碗的手说，就是，你有什么好紧张的。

　　这么一想，赵大碗发现，其实也没什么。B和他一起吃饭，真的就是吃饭，他们连酒都很少喝。聊天的内容五花八门，谈得最多的是宇宙和外太空以及外星人。赵大碗相信，B是一个神秘主义者，她神经质的部分大约是受了神秘主义的影响。赵大碗试着和她谈文学，B说，她的诗来自神示的力量，带有咒语的魔力，一般人是看不懂的。B这么说后，赵大碗特地把B的诗歌重新找出来看了一遍，还是觉得烂。B说的那些东西，他看不到，完全看不到。他觉得B就是个迷路的文学青年。和B在一起时，赵大碗仔细观察过B，她五官精致，个子苗条，如果她正常一些，真是个美好的姑娘。和B说话，赵大碗经常跟不上B的思路，她说话太跳跃了。B和A完全不一样，如果让赵大碗选，他会觉得A更好一些。赵大碗和B谈起过王素贞。B说，你和王素贞注定不能在一起。赵大碗问，为什么？B说，你们来自两个不同的星球。B说得很认真，赵大碗想笑，到底还是没有笑出来。他不知道B说的两个星球，到底是比喻，还是实指。他猜，应该是比喻。赵大碗问B，那你说说，王素贞有没有和别的男人上床？B说，暂时还没有，但快了。赵大碗说，有多快？B想了想说，从你离开深圳算起，一年左右。赵大碗心里算了一下，一年，王素贞给他的时间是一年。一年，真的是快了。赵大碗又问，那我会离开北京吗？B抬头看了赵大碗一眼说，会，而且很快。赵大碗笑了起来，这简直太扯淡了。他一点离开北京的打算都没有，至于王素贞，他想，他大概是快要失去她了。

　　B打电话给赵大碗，约他晚上一起吃饭。赵大碗说，去哪儿？B说，今天就不在外面吃了，来我家吧，我给你做。B给赵大碗发了个地址，后面跟了一句，今天是我生日。下班，赵大碗从办公桌上挑了几本书，编辑部最不缺的就是书了。出了小区，赵大碗在门口花店里买了束花。尽管觉得暧昧，他还是买了玫瑰，每个女孩子都会喜欢花的，尤其是玫瑰。正是北京最好的季节，天空一片湛蓝，西方满是橘黄的霞光。赵大碗给王素贞打了个电话，王素贞还在公司加班，说明天有个见面会，有些资料要准备。王素贞问，你下班了？赵大碗说，正准备去吃饭。王素贞说了句，少喝点酒。如果王素贞问，你去哪儿吃饭？赵大碗想告诉她，他正准备去一个女孩儿家里。王素贞没问，赵大碗没说。

走进B住的小区，赵大碗以为他走错了地方。按响B的门铃，B出现在门口，赵大碗才确信位置是对的，他的感觉是错的。B笑吟吟地招呼赵大碗，你先坐会儿，很快就好了。赵大碗换了拖鞋，坐在沙发上，B给他泡好了茶。B住的房间很大，在赵大碗看来有些奢侈，一个人住这么大的房间。阳台上种满了绿植，靠近阳台的墙面上挂着一只鱼缸，十几条彩色的热带鱼在里面愉快地游动，客厅里摆了白橡木的餐桌和透明的玻璃茶几，他坐的沙发是烟灰色的，皮质柔软舒服。靠近餐桌的墙面被到顶的书柜覆盖，上面摆着几只俄罗斯套娃和紫檀木的装饰品。除开厨房，还有两个独立的房间。B把菜搬到桌上说，你喝什么？赵大碗说，没带什么礼物，给你买了束花。B把花插进花瓶说，先不修剪了，吃饭吧，你喝什么？赵大碗说，都行。B说，那喝点红酒吧。

喝了几杯酒，赵大碗忍不住问，你一个人住？B说，怎么了，不行？赵大碗说，也不是不行，一个人住有些夸张。B说，买了几年了，一直一个人住。赵大碗问，今晚就我们两人？B

说，就我们两人，你害怕了？赵大碗说，我怕什么，有什么好怕的。喝完三瓶红酒，赵大碗说，不喝了，晚了，该回去了。B举着酒杯望着赵大碗说，赵老师，我告诉你一个秘密。赵大碗说，什么秘密？B喝完杯中酒说，其实我是个外星人，我到地球是为了拯救人类。B说完，赵大碗笑了起来，他说，你又来了。B严肃地说，真的，没有人相信这个，我知道你也不信。赵大碗忍住笑说，我看不出来你是个外星人。B说，一会儿你就会相信的，我和母星通过一条隧道联系。赵大碗说，我倒是想看看。B放下酒杯说，你等等。B进了房间，过了一会儿，赵大碗听到B喊他，赵老师，你进来。赵大碗推开门，愣在了门口。B全身赤裸地站在床边对赵大碗说，我知道你不信，我让你看看。赵大碗喉咙发干，他说，在哪儿呢，我怎么没看到？B走到赵大碗身边，拉起他的手，将他的手拉向她的身体，在这儿，每次通过这儿，我都能回到我的母星。

6

　　再去一次兰州，唐笑倩被这个想法折腾得寝食不安。上次回来之后，陈若来什么都没有提起，甚至没有问一下她去了哪里。她回来的那天，到家很早，她收拾了一下房间。房间依然干净、整洁，只有不起眼的角落藏着细小的灰尘。陈若来照例回来得很晚，见到唐笑倩，陈若来问，回来了？唐笑倩说，回来了。陈若来走过来，抱了下唐笑倩说，出去几天累了吧，早点休息。唐笑倩说，还好，算不上累。陈若来说，你好像瘦了点。唐笑倩说，我倒愿意相信是瘦了。洗完澡，陈若来敲了

敲唐笑倩的门说，你还不睡？唐笑倩放下手里的书说，准备睡
了。陈若来看了唐笑倩一眼说，那你早点睡。说完，把门带上
了。唐笑倩又拿起书，看了一会儿。陈若来想和她一起睡，她
没有回应。通常，陈若来敲她的门，如果她愿意，会让他进
来。如果说，想睡了。那是拒绝的意思。结婚这么多年，在这
个事情上，陈若来从来没有勉强过她，一次也没有。对此，唐
笑倩充满感激，又觉得荒唐。一个男人如果爱一个女人，他会
无法克制对她的欲望。尊重是一回事，要不要是另一回事。他
们的性爱安全、柔和，似乎从未激烈过。电视或者电影中荡气
回肠的性爱，和他们的生活毫无关系。这是一种贫乏。唐笑倩
想，她是激烈的，她的生活却是如此贫乏。

　　在兰州的几天，唐笑倩被一种激昂的情绪影响着，她似乎
接上了她的二十岁，肉体和内心隐藏的欲望都被唤醒了。郭子
仪近乎粗鲁的方式似乎唤醒了她。她渴望已久的力度和激情，
终于来到了她身上。她抚摸着郭子仪厚实的背部，手上沾满滑
腻腻的汗水，她放到嘴里吮了吮，咸的，带着粗野的男性荷尔
蒙味。她整个身体松弛下来，像是漂浮起来。完事后，唐笑倩
想，她可能不适合温柔地对待，她一直不是个如她长相般乖巧
听话的女人。

　　唐笑倩到公司请了长假。她说，可能是十天半个月，也可
能几个月，说不定。她对老板说，如果为难的话，我辞职也

行。老板说，没关系，你想休多长时间都行，玩够了再回来。唐笑倩说，那谢谢你了。走出办公室，唐笑倩脚步轻松，她不紧张，一点都不紧张。这份工作对她来说可有可无，她不缺这点钱。陈若来一直不希望她工作，是她自己不愿意闲在家里。她觉得，如果闲在家里，她的世界会进一步变窄，很快和周围那帮无所事事的师奶一样，除了打牌、健身、美容，没有别的事情可干，也没有什么可关心的。她不想那样。

出发之前，唐笑倩和陈若来聊了一下。她说，她想做一次长途旅行，也许需要很长时间，具体多长时间，还说不准。听唐笑倩说完，陈若来说，你以前很少出门的，什么时候变得这么喜欢旅行了？唐笑倩说，人是会变的。陈若来说，我知道人是会变的，我想我可能变不了，我一直会是这个样子。唐笑倩说，你是个好人，一直对我很好，这我知道。陈若来说，都结婚这么多年了，你不用给我发好人牌，那是年轻人干的事情。唐笑倩说，你不想知道我要去哪儿？陈若来说，你如果想告诉我，你会说的。唐笑倩说，我想去甘南。陈若来皱了下眉头说，那里气候不好，你多带点衣服，最好请当地的导游。唐笑倩摸着陈若来的脸说，若来，你就这点不好，什么事情都藏在心里，有什么话也不肯说出来。

飞机再次降落在中川机场。这次，是郭子仪接机的。到酒店住下，唐笑倩对郭子仪说，我想去甘南，来之前我查过线路。郭子仪说，为什么要去甘南？唐笑倩说，不为什么，我没有去过，这个理由够不够？郭子仪说，那我请假陪你。唐笑倩说，如果你不方便就算了。郭子仪说，你一个人去我不放心。

从兰州出发，经过临夏，沿路唐笑倩看到无数顶着星月的清真寺，这里的风景和民风是唐笑倩不熟悉的。高原上的天气，阴晴不定。唐笑倩戴着墨镜，阳光近乎透明，站在阴影处，身体是冷的，移动到阳光下，身上很快滚烫起来。坐在车上，唐笑倩获得了久违的自由。她对郭子仪说，子仪，我突然感到自由，好像整个人都是新的。郭子仪拍了拍唐笑倩的大腿。路上车辆不多，村庄安静，很少看到人影。他们在天黑时到达拉卜楞寺。住进旅馆，唐笑倩累了，在车上一整天，除了吃饭、偶尔下车活动一下，他们一直在车上。吃过饭，郭子仪说，早点睡吧，明天早上你会看到一个奇迹。唐笑倩说，我们这是到哪儿了？夏河，拉卜楞寺。郭子仪的脸色庄重起来。这个地方我来过三次，每次感觉都不一样。躺在床上，关了灯。唐笑倩抱住了郭子仪，她在郭子仪耳边说，你想做爱吗？郭子仪用行动回答了她。

早上起来，吃过早餐，郭子仪开车带唐笑倩去了拉卜楞寺。他把车停在路边的停车场，对唐笑倩说，我们先去爬山吧。他指着路边的山说，爬到半山腰，能看到拉卜楞寺的全貌。唐笑倩跟着郭子仪爬到半山腰，拉卜楞寺的全景显现在她面前，一大片金色和枣红色冲进唐笑倩的眼睛。她被那一片颜色震住了。郭子仪拉着唐笑倩的手，指着山坡说，每年正月的晒佛节就是在这里。在山坡上看了一会儿，他们下山了。郭子仪说，每次来这儿，我总觉得我应该属于这里。唐笑倩说，你不会属于这里，你还有万丈红尘。他们围着拉卜楞寺走了一圈，游人不多，穿着紫红僧裙的喇嘛零零散散地经过。郭子仪告诉唐笑倩，拉卜楞寺是藏语"拉章"的变音，意思为活佛大师的府邸，是藏传佛教格鲁派六大寺院之一，被誉为"世界藏学府"，鼎盛时期僧侣达到4000余人。郭子仪的介绍，唐笑倩听了，听听而已，她不是教徒。她更感兴趣的是她周围的人，脸上带着高原红，面容苍老，手里拿着转经筒。有信仰的人是有福的。他们到寺里转了一会儿，唐笑倩说，我们出去吧。从寺里出来，郭子仪问，你怎么了？唐笑倩说，没什么，我觉得不适合，我们怎么能与佛面对呢。沿着拉卜楞寺附近的墙根走了一会儿，他们来到了一块开阔地。郭子仪指着寺后的山问唐笑倩，有没有看到那些石头堆一样的小房子？唐笑倩仔细看了看说，看到了，那是什么？郭子仪说，那里面住着苦修的僧人。唐笑倩说，奇怪。郭子仪说，不奇怪，当僧人需要苦修时，他们会住到那里，不见人，一心修佛，吃喝都有其他僧人送上来。唐笑倩问，要修多久？郭子仪说，不一定，可能三五年，也可能十几年，说不定一辈子。唐笑倩看着山上，想了想，一个人，几年，甚至十几年。哦，佛，到底什么是佛，让人能够忍受如此的孤单和清冷。

在拉卜楞寺待了一天，他们去了郎木寺。和拉卜楞寺比起来，郎木寺规模小多了，他们住在郎木寺附近的镇上。唐笑倩和郭子仪爬上山顶，郎木寺和四周的景物开阔起来。他们坐在山顶上，看着路边的佛塔和巨大的转经筒。唐笑倩靠在郭子仪怀里，她想，如果一辈子能这样，与世无争，与世无求，那也很好。来郎木寺之前，郭子仪给唐笑倩讲了一个故事。郎木寺曾经有一个年轻喇嘛，清修多年。有一年，一个外国姑娘来到了郎木寺，喇嘛看到了她。那一瞬间，他心里似乎被某种特别的东西打动。他告诉那姑娘，他修了一世，就是为了等她到来。郭子仪给她讲这个故事之前，唐笑倩没想过自己要去郎木寺。郭子仪说，去过拉卜楞寺，其他的寺庙没有去的必要。因为这个故事，唐笑倩说，她要去郎木寺。唐笑倩沿着郎木寺的小路走了几个来回，又和郭子仪爬上山顶，望着那一片金黄色，唐笑倩问郭子仪，你说，他们当年是不是也走过我们走过的路？郭子仪说，也许吧，路只有那么几条，说不定你踩过的小草，也是他们当年踩过的。唐笑倩说，这真是个好故事。

唐笑倩和郭子仪在冶力关住了两天。那两天，他们白天去附近逛，晚上回到旅馆喝酒，35度的青稞酒。唐笑倩平时不大喝白酒，这里的青稞酒却是她喜欢的，温过之后，口感柔和，丝毫没有白酒的辛辣味儿。这是个奇怪的地方，至少在唐笑倩看来如此，有赤红的丹霞地貌，有原始森林，还有高原和雪山。唐笑倩和郭子仪清晨去的原始森林，森林里充满水汽，若有若无的雾徘徊在林间。林间栈道上很少有人的痕迹，他们走到树林深处，除开鸟叫和虫鸣，几乎听不到声音。真是安静啊。他们经过鹿苑，里面养着几只梅花鹿，木头栅栏上有摩擦的痕迹。旁边的小店里，只有一个人，售卖山里产的土物。他们在山林的小路上碰到几个采蘑菇的当地人，背着背篓。路似乎永远没有尽头，大片的树林遮挡着他们的视线。唐笑倩问郭子仪，我们会不会迷路？郭子仪说，只要我们顺着栈道走，总会有尽头。走了个把小时，唐笑倩从栈道上下来，对郭子仪说，你陪我往树林里走走，我想到里面看看。离开栈道，茂密的树林和杂草阻挡着他们，他们往里面走了十几分钟，栈道看不到了。唐笑倩靠在一棵巨大的松树边上，对郭子仪说，吻我。那个吻，唐笑倩像是等了一百年。她还记得郭子仪第一次吻她，把舌头伸进她的口腔。那会儿，她还是个二十出头的小姑娘，郭子仪的动作吓到了她。这次，郭子仪吻得轻柔，他的舌头轻巧地舔着她的嘴唇，等着她把嘴张开。郭子仪的手伸进了她的内衣，抓住了她的乳房，另一只手摸索着她的裤扣。唐笑倩双手抱住树干，她闻到松树皮粗涩的味道，附近肯定有花开了，她闻到奇异的香味飘过来。她闭着眼睛。她相信她闻到了真实的香味，这不是幻觉，小鸟的叫声是真是的，她身体的感觉也是真实的，没有比这更真实的了。

对唐笑倩来说，这是一趟奇幻之旅。在路上，她看到了雪山，白色的顶部和云连在一起。郎木寺附近的天葬台上，堆满零零碎碎的石头。她还看见两只秃鹫站在路边，下过雨，它们的羽毛在滴水，那么大的鸟站在雨中，显得孤独深沉。这些食腐为生的大鸟，真的能把灵魂带到天国吗？回程的路上，唐笑倩对郭子仪说，我想再去一趟拉卜楞寺。

到了拉卜楞寺，唐笑倩对郭子仪说，你先回去吧，我想在这儿待一段时间。郭子仪说，别开玩笑，你一个人在这儿我不放心。唐笑倩说，有什么不放心的，这儿的人信佛，心地善良。郭子仪看了看唐笑倩，她不像在开玩笑。他问，你想干吗？唐笑倩说，上次你告诉我，如果在佛前磕十万个头，那么一切冤孽都烟消云散了。郭子仪说，我随口说的。唐笑倩说，我当真。唐笑倩算过，如果她一天磕一千个头，只要一百天，她能磕完十万个头。即使一天磕不了一千个，一百天，离十万个也不远。郭子仪给唐笑倩找地方住下，临走的时候问，你真要磕十万个头？唐笑倩点了点头说，等我磕完头，我打电话给你，你来接我。

唐笑倩在路边铺好毯子，对着寺庙磕下第一个头起来，她双手合十，默念道，如果真有佛，磕完这十万个头，请您原谅我的过往和未来。从早上到傍晚，唐笑倩一直在磕头。晚上回到住的地方，唐笑倩全身的骨架都要散了。第二天早上，她艰难地爬起来，腰酸腿疼，脖子发胀。每磕一个头，都需要巨大的毅力，她弯下腰去，额头触地，等她直起腰来，背后一阵剧痛。唐笑倩望着寺庙山后的石头屋，那里住着苦修的僧人，她弯下腰去，又起来。眼前，无数的佛飞过，他们面容慈祥，在天上看着她。一个礼拜，一个月，一个半月。唐笑倩的痛感慢慢消失，磕完头后，她偶尔会围着寺庙的外墙转转。穿着僧裙的喇嘛看着她，露出微笑，他们认得这个磕头的女人了。游客站在寺院门口的招牌边上合影，如果有喇嘛进入他们的镜头，会让他们觉得兴奋，这会证明他们真的来过。一个多月前，唐笑倩和他们一样，作为一名游客，拉卜楞寺不过是个景点。现在的唐笑倩，不信佛，她只想磕十万个头。磕完这十万个头，她会离开，她相信，她永远不会再来拉卜楞寺。

打电话给郭子仪是在三个半月后，唐笑倩记得很清楚，一百一十三天。这段时间，唐笑倩关掉了手机。关手机前，她给陈若来发了个信息，她说，她想在佛前磕十万个头，手机会关掉，让他不用担心。陈若来打了电话过来，他问，你什么时候回来？唐笑倩说，磕完头就回来，可能要几个月。陈若来在电话里沉默了一会儿，然后说了句，你保重身体，如果坚持不住，别勉强。挂掉电话，唐笑倩关了手机。等她开机，无数的信息扑面而来，多数是无用的，少数有用的信息也是在问她怎样，还好吗，等等。在这些信息中，她看到了王素贞的信息，王素贞问："倩姐，你什么时候回来，还好吗？"唐笑倩笑了笑。她看了看电话记录，陈若来每天给她打一个电话，有时是早晨，有时是晚上，还有几次是凌晨三四点。郭子仪的电话比陈若来的电话要少得多。唐笑倩给郭子仪打了个电话说，你来接我吧。等郭子仪站在门口，唐笑倩打开门，郭子仪一把抱住了她。唐笑倩瘦了，身体如同一根枝条。郭子仪心疼地摸着唐笑倩的脸说，你这是为什么呢？唐笑倩说，你不懂。坐在郭子仪的车上，拉卜楞寺越来越远。唐笑倩回头望了一眼，她相信她再也不会来这里了。唐笑倩摇下车窗，把手撑在车窗上，风一阵一阵，带着高原特有的凉。唐笑倩望着远方的云彩，那些白云，那么干净，那么自由。

回到兰州，唐笑倩像是重新回到了尘世。兰州，西北，和国内其他城市一样，有着城市该有的面容，高楼，车流，变幻的霓虹灯，密密麻麻的人群。唐笑倩有些陌生，短短几个月时间，她似乎被城市抛在了后面。郭子仪带唐笑倩去了酒店，放下行李。郭子仪说，你要不要先休息一会儿？唐笑倩说，好的，我是真的有点累了。唐笑倩洗了个澡，换上睡衣，酒店的房间干净，灯光柔和，所有的喧嚣都被关在了门外。唐笑倩躺在床上，床垫软中带着弹性，床单洁白，她缩在床上，像 只

小猫。唐笑倩对郭子仪说，你先回去吧，我想睡一会儿。郭子
仪摸了摸唐笑倩的额头说，你睡吧，我看着你。唐笑倩睡了，
很快，她进入了深沉的睡眠。等唐笑倩醒来，她看见郭子仪抱
了床被子，睡在她旁边。唐笑倩看了看那张脸，这么多年过去
了，当年那个血气方刚的青年消失无踪，他的脸上有隐约的皱
纹，可能是因为高原辐射的缘故，他的脸比以前黑多了。只有
他的嘴唇，依然是坚毅的，像是依然不会屈服。唐笑倩在郭子
仪嘴唇上轻轻碰了一下，然后起床刷牙，洗脸，她好像睡了很
久了。等唐笑倩从洗手间出来，郭子仪起来了。他揉着眼睛对
唐笑倩说，你起来了？唐笑倩问，我是不是睡了很久？郭子仪
笑了起来说，挺久的，这会儿应该是下午了。郭子仪站起来，
拉开窗帘，阳光从窗外射进来，房间瞬间变得明亮，充满活
力。郭子仪问唐笑倩，要不要去吃点东西？唐笑倩说，还不
饿，晚点吧。郭子仪说，你睡得真好。唐笑倩说，我有没有说
梦话？郭子仪说，我没听到。你昨天洗完就睡了，我醒了你还
在睡，看你睡得那么好，我也忍不住睡了。唐笑倩笑了起来
说，睡觉还能传染啊。睡好了，精力重新回到了唐笑倩身上。
她洗了两只茶杯，泡了茶，对郭子仪说，我是不是瘦了？郭子
仪说，瘦了很多。唐笑倩说，那说明减肥还挺成功的。看着窗
外的城市，仅仅两天，拉卜楞寺似乎已经很远，磕头的事情也
很远，远得像是不曾发生过。

　　临走之前，唐笑倩问郭子仪，你知道我为什么要磕十万个头？郭子仪说，我猜不到。唐笑倩，我不信佛，我也不是为了你，我为了我自己。郭子仪说，我知道。唐笑倩说，不，你不知道，你还是没明白我的意思。磕完这十万个头，我的前半生就过去了，我的后半生也过去了。郭子仪说，我没听懂。唐笑倩说，以后你会懂的，你慢慢会懂的。在中川机场，登机前，唐笑倩抱住郭子仪，亲了亲他的嘴唇，一个字一个字地说，郭子仪，我的后半生是你的。

　　飞机从兰州飞往深圳，唐笑倩有种前所未有的轻松感。这三个多月发生了很多事情，这些事情都是她不知道的。

　　对唐笑倩的甘南之行，陈若来有种不好的预感，他隐约觉得唐笑倩的这次旅行会改变他的生活，至于改变到什么程度，他说不好，但改变是一定的。他有些焦躁。和唐笑倩结婚这么多年，他对唐笑倩的好，别人不知道，他自己知道。他从事的行业，光鲜多金，从来不缺乏年轻漂亮的姑娘。这些年，不是没有姑娘投怀送抱，他也不是没有动心过，那些年轻饱满的肉体让他迷恋，但他从来没有真正发生过什么。偶尔的暧昧是有的，他总是控制在合适的范围内。记得有一次，他喝多了，和他暧昧了几个月的姑娘带他去了酒店，等那具温暖光滑的肉体贴过来时，他摸到了结实挺拔的两团，他的下体热辣冲动。那一瞬间，他居然想起了唐笑倩，他似乎看到她在床边看着他。

陈若来从床上爬起来说,我想吐。在洗手间,陈若来趴在马桶边上,把手指伸进喉咙,吐了出来。等他洗完脸出来,姑娘靠在床上,微笑着望着他,她的双乳露在外面,玉一般温润。陈若来走到床边,给姑娘盖上被单说,对不起。姑娘伸手抱住了他,陈若来拿下姑娘的手说,我累了,想回家。

唐笑倩很少过问他的事情,几乎没有。

陈若来承认,他娶唐笑倩是有私心的,他喜欢唐笑倩,但也不是非唐笑倩不娶。结婚之后,他发现他对唐笑倩的爱意越发浓厚。结婚之前,唐笑倩找他谈话那次,在学校后面的山上,唐笑倩说,其实,你并不喜欢我,是不是?陈若来心里说"不是",他喜欢她。他也知道,那时的唐笑倩喜欢的是郭子仪。在师兄弟之间,这不是什么秘密。如果没有唐德明的支持,陈若来也许会放弃。唐笑倩和郭子仪的关系公开之后,唐德明找他谈过一次。唐德明问他,你喜欢倩倩吗?那是在唐德明的书房。唐德明让人叫陈若来去他的书房,他以为唐德明有别的事情找他,他没想到是这个事情。陈若来以为他听错了。唐德明又重复了一次,若来,我问你,你喜欢倩倩吗?陈若来说,喜欢。唐德明说,如果你真喜欢她,我希望你以后对她好些。陈若来有些恍惚,他不明白唐德明的意思,唐笑倩和郭子仪在谈恋爱,大家都知道,陈若来相信,唐德明肯定也是知道的。陈若来说,唐老师——唐德明摆摆手打断他的话说,我知道你想说什么，倩倩还小，还不懂事，年轻人任性没关系，婚姻不能任性。唐德明看着陈若来说，若来，你不是我最有资质的学生，但你生性善良，我相信你以后会对倩倩好的。我只有倩倩这么一个女儿，我不希望她以后过得不开心。郭子仪有天分，但他的心太野了，走向社会是会吃亏的。等唐德明说完这句话，陈若来确信，唐德明有心想要他和唐笑倩在一起。陈若来说，唐老师，你放心，只要倩倩愿意，我会对她好的。唐德明说，那就好，若来，我也不勉强你。你对倩倩的心思我看得出来，毕竟我也年轻过。说完，唐德明对陈若来说，有空你多陪陪倩倩走走，哄哄她。

　　和唐笑倩结婚前，唐德明又和陈若来谈了一次。这次，他说得比较直白。他说，若来，毕业后你去深圳，国家把深圳定为经济特区，那里的机会比内地要多。不要看现在条件艰苦一些，要不了多长时间，深圳会成为南方的一个窗口，无法想象深圳以后会是个什么样子。而且，我还有很多学生在那里，你去了，我会尽我的能力帮你。陈若来到深圳后，发展得一帆风顺，除了自身的努力，唐德明的帮助起了关键性的作用。那时的深圳，发展迅猛，近似乎野蛮生长，很多东西远没有现在规范，人脉在资源配置中起着重要作用。陈若来确实也没有辜负唐德明的托付，他把唐笑倩照顾得很好，只要唐笑倩想要的，只要他能给的，他从来没说一个"不"字。就连生孩子的问题，他都没有勉强唐笑倩。作为一个传统的潮汕人，陈若来相信多子多福。唐笑倩不想生，陈若来等，他想有一天，唐笑倩会生的。他一直等了很多年，还没有等到。他们结婚前，郭子仪消失了。十年之后，陈若来相信了唐德明的判断，郭子仪虽然有才华，但他冲动，做事不顾后果，这会让他付出代价。他把他的一切都毁了。陈若来通过各种途径了解过郭子仪的动向，听说他去了甘肃，具体做什么，没有人知道。唐德明的葬礼上，唐德明国内的弟子都回来了，国外的也回来了几个，郭子仪没来。陈若来想，这么多年，他还是没有放下。办完葬礼，他和唐笑倩请师兄弟吃饭。唐笑倩去了趟厕所，等唐笑倩回来，她的脸色不太对，陈若来看到了，没有多想，他以为她是太累了，何况还有丧父之痛。等唐笑倩说她想出去旅行，陈若来查了唐笑倩的记录，她去的是兰州。陈若来心如刀割，他看着唐德明的照片说，唐老师，你说，我该怎么办？

唐笑倩第二次飞往兰州那晚，陈若来喝得烂醉。他约了一帮人喝酒，和往常的风格不同，他大杯喝酒，高声谈笑，很快，他喝高了。朋友们说，若来，你干吗呢？陈若来说，没事，倩倩旅行去了，难得放松一回。是朋友送他回家的。把陈若来放在床上，朋友问，若来，你没事吧？陈若来说，没事，没事，放心。他把朋友推出门，用力地关上。过了一会儿，陈若来大声哭了起来，眼泪一把一把，多少年没有这样哭过了。

哭完了，陈若来洗了把脸，脱掉鞋子，他进了唐笑倩的房间。床单上还有唐笑倩的味道，他终于睡了，他似乎正躺在唐笑倩身边。过了几天，他接到唐笑倩电话，唐笑倩说，她想磕十万个头，磕完头就回来。唐笑倩关机了，陈若来每天给她打一个电话，她一直关机，关机，关了三个多月。那是一段多么难熬的日子，陈若来精神恍惚，整个人像是在梦游。

　　肯定出问题了。看到陈若来的样子，王素贞想。唐笑倩去兰州的消息是陈若来告诉王素贞的。陈若来喝醉那天，王素贞也在场。等陈若来喝醉了，旁边有人起哄，阿贞，你送陈董回去。王素贞犹豫了一下，陈若来说，不用，我不要她送我回去。第二天，陈若来没来公司，王素贞去陈若来办公室看了几次，没人。本来，她想打个电话给陈若来，想想，还是算了，说不定他还有别的事情。即使没有别的事情，他喝多了，休息一下也正常。这种情况很少出现，以前，即使喝多了，陈若来也会来公司，即便会晚一些。那天，陈若来没来公司。又过了一天，陈若来来公司了，王素贞借送文件的机会去了陈若来办公室，她看到陈若来的脸色不太好，无精打采的。王素贞放下文件，问了句，陈董，昨天没休息好？陈若来抬头看了王素贞一眼说，还好，前天喝多了，有点累。王素贞说，要不要泡杯茶？陈若来说，不用了。他指着办公桌对面的椅子说，你坐一会儿，我有话想对你说。王素贞在陈若来对面坐下，陈若来说，唐笑倩又去兰州了。王素贞"哦"了一声。陈若来问，阿贞，你是女的，更懂女人的心思。我想问问你，一个女人老是去同一个地方，这意味着什么？王素贞说，这个不好说。她确实不好说，怎么说呢？难道赤裸裸地告诉他？陈若来说，我很伤感啊，我对她那么好。王素贞说，陈董，你可能想多了，也许事情不是你想的那样。陈若来说，我想的哪样？王素贞说，不好的那样。陈若来说，我倒希望我想的是错的。聊了一会儿，王素贞收拾好文件，临出办公室，王素贞说，要不，下班一起吃饭？陈若来说，不了，我想早点回去。

　　陈若来的样子，让王素贞心疼，她甚至开始妒忌唐笑倩，那是一个多么身在福中不知福的女人。她几乎什么都有了，美貌、财富、对她好的男人，她一样不缺。陈若来让她想起了赵大碗，和陈若来相比，赵大碗简直一无是处。他穷，他无比骄傲。陈若来成熟稳重，赵大碗还是个不知轻重的愣头青。陈若来已经有了他的事业，赵大碗孤身一人漂在北京。这几个月来，赵大碗的电话越来越少，即使有电话，也说不上几句话。赵大碗永远是那么几句"在外面喝酒""和朋友一起""晚点电话你"，对他的生活，王素贞了解不多，只知道他从一个地方换到另一个地方，没有一份工作做得长久。王素贞发现，赵大碗做什么，她已经不在意了，她甚至懒得想赵大碗在北京有没有女人。她想起了她和赵大碗的一年之约，有点想笑，到底还是孩子气。

　　大约过了一个月，周末，王素贞约了陈若来。她说，陈董，我想和你聊聊。她约陈若来去了家里，她说，今天就不到外面吃了，到家里随便吃点吧。喝了点酒，她问陈若来，陈董，如果，我们假设一下，仅仅是如果，如果倩姐不回来了，你怎么办？陈若来说，等。王素贞鼻子一酸，她说，陈董，我想起你跟我说的一句话。陈若来问，哪句？王素贞说，你说，我们两个都是傻瓜。我现在觉得，我们两个真的是傻瓜，两个超级大傻瓜。陈若来笑了起来说，你今天才知道。碰了下杯，陈若来问王素贞，赵大碗现在怎样了？王素贞说，还在北京，具体怎样我也不知道，我们话越来越少。陈若来喝了杯酒说，那我问你，如果赵大碗不回来了，你怎么办？王素贞说，还能怎么办，我一点把握都没有。陈若来说，两个傻瓜。把王素贞买的酒喝完，两个人都有点醉了，陈若来没有走的意思，王素贞也不想睡。陈若来说，要不，我们再买点酒？王素贞说，不买了。她盯着陈若来的眼睛说，我们睡觉吧。

　　激情来得猛烈而迅速，陈若来趴在王素贞身上，用力动作着，仿佛他身下的不是一个女人，而是一匹亟待被征服的野马。王素贞望着床边的衣柜，那里还挂着赵大碗的衣服。完事后，陈若来说，为什么今天想要？王素贞说，不为什么。陈若来说，同情我？王素贞说，你觉得我是那种因为同情就把自己给出去的女人？我没那么博爱。陈若来说，你信不信，自从结婚后，这是我第一次和别的女人做。王素贞说，我信。接着，她说，我快一年没有做过了。陈若来说，这算不算同病相怜？王素贞说，算吧，我不知道。

天亮之后，王素贞望着还在酣睡的陈若来。她想，这个男人真是太累了。

7

　　从出门到回来，整个旅程接近四个月。飞机降落在宝安机
场，一下飞机，扑面而来的热让唐笑倩透不过气来。深圳靠
海，空气炎热潮湿，和高原干冷的空气截然不同。唐笑倩拖着
行李箱，站在到达大厅门口。下飞机后，唐笑倩给陈若来打了
个电话，告诉陈若来她下飞机了。陈若来说，我到机场了。等
了几分钟，唐笑倩看到陈若来的车开了过来。陈若来停好车，
把唐笑倩的行李箱放进车尾箱。上车系好安全带，陈若来对唐
笑倩说，你瘦多了。唐笑倩笑了起来说，这次我相信是真的瘦

了。如果没记错的话，这几个月唐笑倩瘦了整整十五斤。唐笑倩平时多数在一百一十斤左右徘徊，高不过一百一十五，低不过一百零八。现在，唐笑倩的体重九十八斤左右。都说好女不过百，这会儿，她的体重完全符合好女的标准。她的腿瘦了，腰部的赘肉少了，身体的线条简洁明快。陈若来说，瘦是瘦了，精神还不错。唐笑倩望了陈若来几眼说，几个月没见，看到你都有些生了。陈若来说，几个月音讯全无，和陌生人也差不多了。唐笑倩松了松安全带，调整了下座椅靠背说，我饿了，想吃东西。

吃完饭回到家，唐笑倩先洗了个澡，还是下午三点。唐笑倩靠在客厅的沙发上，对陈若来说，你还不去公司？陈若来说，不去了，明天再说吧，你都离家这么久了。说完，陈若来靠着唐笑倩坐下，把唐笑倩搂了过来，手伸进了她的怀里。唐笑倩躺了下来，微笑着鼓励着陈若来。陈若来把头埋在唐笑倩的怀里，长长地吸了几口气，他抬起头说，它们倒是一点没瘦。陈若来脱下唐笑倩的睡裤，摸索着进入了她。唐笑倩仰面看着屋顶的吊灯，巨大的水晶灯似乎要压下来。做到半程，陈若来从唐笑倩身上爬起来说，我去拿安全套。唐笑倩抱住陈若来说，不用了。陈若来愣了一下。唐笑倩把陈若来拉向胸前说，我想通了，我想生个孩子，和你的。陈若来停下来说，怎么突然想要孩子了？唐笑倩说，也没什么，就是想了。结婚这么多年，在这个事情上，我挺对不起你的。趁现在还可以，生了吧。再过几年，可能真的不行了。陈若来说，我最近酒喝得挺多的。唐笑倩说，没事。陈若来说，还是不太好。他回房间拿了安全套。做完后，陈若来对唐笑倩说，如果你真想要孩子，我先戒戒酒。

第二天去公司，陈若来给王素贞打了个电话，让王素贞到他办公室来。等王素贞过来，在他对面坐下。陈若来对王素贞说，阿贞，唐笑倩回来了。以前，陈若来当王素贞的面说起唐笑倩，用的词是"倩倩"或者"你倩姐"。王素贞笑了笑说，好啊，你都担心了几个月了，回来了你就放心了。陈若来皱了下眉头说，我不是想和你说这个。想了想，陈若来说，她说想生个孩子。陈若来说完，王素贞心里一凉，陈若来说这话什么意思。唐笑倩去甘南后，后面那两个月，他们几乎天天睡在一起，多数在王素贞家里，偶尔去酒店，他们还在陈若来家里做过几次。陈若来现在说这话，潜台词是不是他们该结束了。相处以来，王素贞没什么奢望，她从来没有想过要取而代之。但唐笑倩一回来，他就说这个，王素贞还是有种被愚弄的感觉，好像她只是一个替代物。定了定神，王素贞说，好啊，你不是等了好多年吗？现在遂了你心愿了。陈若来说，阿贞，你不觉得奇怪吗？王素贞说，有什么奇怪的，女人年纪大了，想法可能不一样了。陈若来说，她刚从外面回来，突然说要生个孩子。我们结婚十几年，这十几年，我花了多少心思，她都没松口，现在突然说要生个孩子。王素贞明白了，陈若来不放心。王素贞说，女人要是想生孩子，男人根本拒绝不了。陈若来说，我想等等，过两个月再说。这段时间酒喝得太多了，怕是不太好。王素贞说，也是。

　　从办公室出来，王素贞隐约感到恐惧，她把陈若来想简单了。陈若来不是不想要孩子，但他要等两个月。他在等什么，真的是因为酒的问题？王素贞觉得不是，他只是害怕，他怕唐笑倩肚子里现在正怀着别人的孩子，他要等等，等到他确信唐笑倩的子宫是干净的。这是个可怕的男人，他的妻子去了外地，他知道她去干什么，但他不动声色，依然像一个好丈夫。和陈若来在一起时，王素贞承认她是愉快的。他温和，他有礼貌，他甚至说得上风度翩翩。即使在床上，她也是喜欢的。陈若来虽然人到中年，由于长期锻炼的缘故，他的身体没有一点松弛的迹象，小腹结实平坦，大腿的肌肉隆起，尤其是他的背部，光滑硬朗，摸起来让人兴奋。和陈若来在一起的夜晚，王素贞从来没有想到赵大碗。赵大碗像是古人，活在记忆中的书里，如果不去翻翻，是想不起来的。

　　下班了，公司的人都走光了。王素贞坐在椅子上，没有起身。她注意到陈若来的办公室，门是关着的，他也没有走。大约七点，王素贞看到陈若来办公室的门开了。见到王素贞，陈

若来问，怎么还没走？王素贞说，你不是也没走？陈若来说，
你在等我？王素贞鼻子一酸，她想说点什么，她觉得委屈。
陈若来的手放在王素贞脸上说，傻瓜，你在想什么呢？王素
贞说，我怕你不要我了。陈若来擦了擦王素贞的眼泪说，怎么
会呢，你知道我喜欢你。王素贞说，我还是怕。陈若来抱住王
素贞，拍了拍她的背说，傻瓜，别瞎想，一起吃点东西，吃完
我送你回去。两人找了家快餐店，潦草吃了点。吃完，陈若来
说，我送你回去吧。王素贞说，不用了，我自己回去，你早点
回去陪倩姐，她刚回来。陈若来说，没事，她习惯我晚回家
了。把王素贞送到楼下，临下车，王素贞对陈若来说，要不要
上去喝杯水？陈若来说，不了，你也早点休息。王素贞下了
车，进了电梯。她决定回家喝两杯水，一杯她自己喝，一杯替
陈若来喝。

　　从甘南回来，唐笑倩没急着去上班，她想再休息一会儿。
她对陈若来说，若来，如果我不上班了，你觉得怎样？陈若来
说，不想去就别去了，我又不是养不活你。唐笑倩说，我想休
息一下，调理下身体，我想要个孩子。陈若来说，我也想要，
我们该有个孩子了。他戒掉了酒。以前，他喝得也不多。唐笑
倩想，他根本没有戒酒的必要，他本来就不是个贪酒的人。和
以前相比，陈若来回得要早一些，他们做爱的次数明显增加。
陈若来和唐笑倩聊起过甘南之行，唐笑倩和他讲起拉卜楞寺山

后苦修的僧人，雨水中的秃鹫，远处的天葬台。陈若来说，藏区大体是这样的。聊到唐笑倩磕的十万个头，陈若来说，我心疼，你瘦了那么多。两个人都没提起郭子仪，像是回避一个一碰就疼的疤痕。唐笑倩想，陈若来应该能猜到，他知道她去甘肃干什么。这真是个奇怪的男人，他怎么能忍住不说，装作若无其事的样子？就像他们结婚前，他知道她爱的是郭子仪。结婚后，他从来没有因为郭子仪为难过她，甚至从来没有因此让她难堪过。

唐笑倩相信，陈若来是爱她的，正因为如此，她不忍心伤害他。如果陈若来和别的男人一样，暴跳如雷，大打出手，那她倒是可以心安理得地离开他。陈若来这个样子，让她不忍心。好几次，话到嘴边上了，她想告诉陈若来，若来，我去找郭子仪了。她想看看他的反应。她害怕她说完后，陈若来说，我想到了，没事，你知道你自己做什么就好。这符合陈若来的性格，却会让唐笑倩更加难受、自责，那不如不说好了。她清楚她做的是不好的事情。给陈若来收拾房间时，唐笑倩发现了几根头发，长而细，那不是她的头发，头发在被子里。唐笑倩拿着头发，对着阳光看了半天。她不生气，真的，一点也不生气，相反，她有种愉悦感，她只希望拥有这几根头发的女孩对陈若来好些，让他觉得快乐。发现头发的那晚，陈若来回来时，唐笑倩热吻了他，主动进了陈若来的房间。做爱时，唐笑倩努力压抑着她的冲动，她想对陈若来说，若来，像对那个姑娘一样对我，像对女人一样对我，而不是像对礼物一样对我。

陈若来告诉王素贞唐笑倩怀孕了的消息时，王素贞说，我也有个消息要告诉你，赵大碗回来了。陈若来说，你叫他回来的？王素贞说，不是，他自己回来的。陈若来说，为什么不早说？王素贞说，你也刚告诉我倩姐怀孕了。陈若来问，他回来多久了？王素贞说，没几天。陈若来说，还能回得去吗？王素贞说，我想试试。陈若来说，别勉强。王素贞说，说不上勉强。唐笑倩怀孕的消息，陈若来告诉王素贞之前，王素贞已经知道了。她知道得比陈若来早。那天，是周末，王素贞还在家里睡觉，她接到唐笑倩的电话。唐笑倩说，阿贞，有空没？有空陪我去医院吧。王素贞问，倩姐，怎么了，不舒服？唐笑倩说，不是，你别问，一会儿我到你楼下接你。接到王素贞，唐笑倩对王素贞说，阿贞，你猜我去医院干吗？王素贞说，这我怎么猜得到。唐笑倩说，一会儿你就知道了。到了医院，挂完号，唐笑倩去了超声科。王素贞明白了。检查完出来，等了一会儿，唐笑倩拿了张检查报告，指着上面一个细小的黑点说，阿贞，你知道这是什么吗？王素贞看了看报告说，倩姐，你怀孕了。唐笑倩说，你看，它还那么小，还只是一个黑点点。王素贞觉得唐笑倩像是示威一样，她说，陈董知道吗？唐笑倩说，我还没和他讲，你也不要跟他说。

从医院出来，她们到公园坐了一会儿。大约十点多，公园阳光明媚，草坪上孩子们在追逐打闹，风筝在天上滑行。唐笑倩摸着肚子说，我几乎感觉不到它的存在，但它就在那里了。王素贞说，太小了，感觉不到的。唐笑倩说，阿贞，这感觉很特别。比如说以前，我看到这些孩子，会觉得烦。现在看到他们，怎么看都是可爱的。一想到我的孩子以后也会在草坪上追逐打闹，整个心都是暖的。聊了一会儿，唐笑倩对王素贞说，陈若来人真是挺好，他这个人善良，没什么坏心思，以后你就知道了。唐笑倩怀孕后，王素贞一直在等，等陈若来告诉她这个消息。陈若来是在半个月后告诉她的。自从唐笑倩回来后，他们私下的联系少了，近乎没有。王素贞感觉，她和陈若来的关系，唐笑倩知道了。她之所以让她陪她来医院，是想告诉她，她知道了，该收手了。这是个聪明的女人。

赵大碗回深圳，出乎王素贞意料，她潜意识里认为赵大碗不会回来了。如果不是这样，她不会和陈若来上床。虽然，她和陈若来上床除了喜欢，还有些同病相怜的意思。赵大碗回来之前，打过电话给王素贞，他说，素贞，我想回深圳。王素贞算了算时间，她给赵大碗的时间是一年，现在，一年出头。她原本可以告诉赵大碗，他不用回来了，世界变了，她也不是以前的她了。王素贞还是说，你自己想好，回来了就不能再走了，我折腾不起了。赵大碗说，好，我明白。赵大碗回来之前，王素贞买了新的床单被套，把以前的床单被套换了。衣柜里赵大碗的衣服，王素贞拿出来洗了，晒了，他还能穿。在机场接到赵大碗，王素贞看到赵大碗瘦了，比以前更瘦。回到家里，吃过饭，赵大碗对王素贞说，素贞，谢谢你。王素贞说，谢我什么？赵大碗说，谢谢你还等我。王素贞说，我没等，是你自己回来了。

晚上做爱时，王素贞反应冷淡，她的身体和动作都是僵硬的。赵大碗动作生疏，他似乎不记得怎么和王素贞做爱了。这是一次一定要做，而又做得尴尬的爱。两个人一年多没见，名义上依然是男女朋友的关系。久别重逢，不做一次爱似乎没有道理，做又没有了往日的激情和默契。两人勉强做完，王素贞对赵大碗说，你跑了一天，也累了，早点睡吧。赵大碗亲了王素贞一口说，那我睡了。等赵大碗睡着，王素贞起床，给陈若来发个信息，你睡了吗？等了十几分钟，陈若来没有回复。王素贞删掉信息，躺在床上。她看着赵大碗，赵大碗紧锁着眉头，他在睡觉时依然是紧张的。这一年多来，他到底经历了什么，他比以前瘦了，精神也不太好。

早上起来，送王素贞上班后，赵大碗坐在阳台上发呆。和北京比起来，深圳阳光明亮，满目绿树生机勃勃。回想起在北京的日子，赵大碗觉得像是一个梦，他一直在生活中梦游。北京不是他想象的那个样子。宽阔的北京城，充满机遇与挑战的北京城，有着紫红色城墙的北京城，有天安门故宫天坛颐和园的北京城，他只有一间小小的房间，一张坚硬的床。刚去北京那会儿，他还涌动着激情，他相信平台有多大，梦想就有多大。这也没错，他得到他想要的东西比原来容易得多。他写诗写小说，发表再也不是个问题。他见到太多以前活在书本中的人，生活中的他们和他一样灰头土脸。他们的骄傲更像一块遮羞布，都还是要脸的人。赵大碗想念A，A是赵大碗解不开的谜，她到底去哪儿了？让他回到深圳的是B。

赵大碗和B交往的时间不长，前后加起来不过几个月。几个月的时间，在赵大碗看来，他经历的是一趟奇幻之旅，他踏上的恰好是那趟奇幻之旅的末班车。去过B家之后，赵大碗和B的关系迅速推进。以前见到B，赵大碗还躲躲闪闪，想离她远点儿。那次之后，他记住了B带电的肉体，他需要。赵大碗问过同事，以前有没有碰到过B，或者说圈子里有没有这么个人。每个圈子都有几个奇葩，这些奇葩在圈子内声名远扬，他们仅仅存在于圈子之中，出了这个圈子，没人知道他们是谁。赵大碗猜想过，B是奇葩之一。意外的是，同事和周围的朋友都说不知道这个人。和赵大碗一起，B几乎不谈文学，她似乎对文学不感兴趣。她为什么一定要找赵大碗？赵大碗问过B这个问题，B说，你是被选中的人，我一看到你，就知道我要找的那个人是你。

几乎每个周末，B会邀请赵大碗到家里吃饭，照例是喝酒，做爱，这些例牌的节目。赵大碗说不上喜欢，也不拒绝，他略略有点好奇，他想知道，B到底在干吗，她是怎么想的。赵大碗发现B有问题是在两个月后，那天不是周末，B打电话给他，说她害怕，让他来陪她。接到电话，赵大碗还笑了笑，他觉得这不过是个借口，她想他了。赵大碗买了一箱啤酒，顺手打包了一包烤串，两个人够了。到了B家，赵大碗按门铃，门没有开。赵大碗只好放下啤酒和烤串拿钥匙开门。等进了屋，屋里黑漆漆的，没有开灯。赵大碗放下啤酒和烤串正准备开灯，他听到屋角传来一个发抖的声音，你是谁？赵大碗说，是我。B说，别开灯。赵大碗伸出的手僵住了，他顺着声音走了过去。黑暗中，B双手抱着膝盖蜷缩在墙角，看到赵大碗，B说，大碗，我害怕。赵大碗摸了摸B的脸，她脸上有泪水。赵大碗吓了一跳说，你怎么了？B说，我怕我再也回不去了。赵大碗搂住B的肩膀说，不会的，事情总会解决。赵大碗以为B和家里吵架了，或者发生了别的事情，这些都是小事，没什么大不了的，真是没什么大不了的。B靠在赵大碗的怀里说，我怕我回不了我的母星。B说完，赵大碗头皮一麻。

两个月前，赵大碗把B说的母星和通道理解成做爱的文艺表达，他还挺喜欢这个表达的，浪漫，有想象力。后来，B告诉赵大碗，她母亲曾被外星人绑架，在那之后，母亲生了她。她母亲告诉她，她是外星人之后，这意味着她也是个外星人。B说这些时，赵大碗装作听得认真，这是个不错的故事，尽管在太多宇宙探秘的地摊书上见过。赵大碗问，阿姨是怎么被绑架的？B说，那年，我母亲二十二岁，还在读大学。有天中午，她在宿舍睡觉，宿舍里一个人都没有。天气很热，她脱了衣服，挂上蚊帐。她睡得迷迷糊糊的，突然听到有人在喊她的名字，接着，她看到一道光从眼前闪过，等她再睁开眼睛，她赤裸裸地躺在外星人的飞船里。赵大碗说，然后她就怀孕了？B说，我母亲是被选中的人，她怀有拯救人类的使命。赵大碗问，人类怎么了？B说，地球其实是外星人的实验基地，人类是外星人培育的小宠物，这些小宠物越来越邪恶，外星人很不满意，他们想毁灭人类。赵大碗问，既然你母亲被选中来拯救人类，那她为什么还没有出手？B说，外星人发现，我母亲受人类的限制，具有天生的劣根性，她还不能担负起拯救人类的重任，于是有了我。赵大碗忍住笑说，那你为什么还不去拯救人类？B说，我发现我也无法完成任务，人类太邪恶了，他们听不到召唤。如果我不能完成任务，我就无法回到我的母星。B脸色肃穆。赵大碗问，外星人长什么样，和电视里一样吗？B摇了摇头说，人类太浅薄了，外星人其实没有具体的形象，他们如同宇宙中的星云，漂移不定。赵大碗又问，那飞船是圆的吗？B说，人类的技术水平检测不到飞船，人类关于飞船的所有描述都不过是肤浅的想象。赵大碗说，你说得有道理。B说，当然，我就是外星人，我了解我的母星。

在此后的交往中，B进一步完善了这个故事，她甚至给赵大碗画出了星象图，标识出了她母星的位置。B指着图中的一个小黑点说，从地球到我的母星，大约300万光年。赵大碗说，这么远，那你怎么回去？B说，等时空折叠的时候。B问，赵大碗，你相信我讲的吗？赵大碗说，信。B说，你是唯一相信的人，我给他们讲，他们都以为我是疯子。赵大碗想，你不过是个爱讲故事，爱幻想的小姑娘。

赵大碗擦了擦B的眼泪说，好了，没事了，你总会有办法回到你的母星。B说，回不去了，我发现我丧失了所有的能力。我爱人类，可是我无法拯救人类，人类终将毁灭。赵大碗把B扶起来，坐在沙发上说，你想得太多了。我买了啤酒，还有你喜欢的烤串。说完，赵大碗站起来说，我去开灯。B没说话。打开灯，屋里明亮起来，赵大碗给B倒了杯酒说，其实，你可以不关心人类，爱毁灭毁灭，没什么大不了。B说，我爱你，我舍不得你死。赵大碗说，像我这样的混蛋，活着对人类也没什么好处。B说，如果真有那一天，我怕我受不了。赵大碗说，不说这些了，喝酒。临睡前，B对赵大碗说，大碗，即使我回不了我的母星，我也希望你好好活下去。赵大碗说，我会的。等B睡了，赵大碗关上门，走了。

现在，赵人碗确信，B说的这些，对她来说并非幻想，而是现实，她真的觉得她是个外星人，怀有对人类的使命。赵大碗看过一些书，有很多人宣称是外星之子，他们的故事和B大同小异，母亲被外星人侵犯，生下了他们，他们相信母星在等待着他。有一天，他们将回去。这大概是狂想症的一种，赵大碗不知道B身上到底发生过什么事情，或许并没有什么事情发生，她把自己陷了进去。除了狂想症，B可能还有严重的抑郁症。赵大碗在B的房间发现过药物，细小的白色颗粒，他查过，抗抑郁的，深度抑郁的那种。赵大碗有些紧张。他想离开她，他怕有一天会出事情。

和B分开。理智告诉赵大碗，这是对的，但他做不到。除了谈起外星，多数时候B像个正常人，她眉眼细长，鼻子肉嘟嘟的，下巴尖翘，说不上多漂亮，看着还算舒服。重要的是B从来没有对赵大碗有任何不好，就这么把她甩掉，赵大碗不忍心。如果她真有问题，作为朋友，赵大碗应该帮帮她，而不是转身离开。赵大碗试过，效果不好。他努力转移B的视线，试图让她从外星幻觉中回到日常，B却总能绕回外星。B对赵大碗说，大碗，我知道你对我好，以为我是个幻想狂，其实我不是，真的。虽然你告诉我，你相信我，其实，你心里并不信。赵大碗说，我信，我只是想让你在地球过得开心。B问赵大碗，血液是什么颜色的？赵大碗说，红色的。B说，如果我告诉你，我的血液是蓝色的，你会不会相信？赵大碗笑了起来说，这个我真不信。B说，你会信的，地球人相信实验，我可以做给你看。

B带赵大碗去了路边诊所，她对坐诊的医生说，医生，我想抽一管血。针尖插入B的血管，血液缓缓流了出来，流进试管。赵大碗看着试管，暗红色的，没错，暗红色的，暗红色也是红色。他对B说，你真爱开玩笑。B将试管放进手包说，等一会儿，你别急。大约过了两个小时，他们回到了B家里，B让赵大碗坐下，她对赵大碗说，大碗，你想看看我的血液是什么颜色的吗？赵大碗说，刚看过了，红色的。B打开手包说，大碗，这两个小时，你和我形影不离，我有没有机会对试管做手脚？赵大碗说，没有。B说，那就好。她把手伸进手包，慢慢掏出试管。她的手握着试管的下部，伸出手对赵大碗说，你真想看吗？赵大碗说，除非你是个魔术师。B说，你拿着。赵大碗捏住试管的顶部，B慢慢松开手。赵大碗惊愕地睁大了眼睛，他看见试管里是一管蓝色的胶体，蓝得像深蓝色的天空。

B返回母星的那天，北京天气晴朗，蓝天白云层次分明。B给赵大碗打电话，对赵大碗说，大碗，你多保重，我要返回我的母星。赵大碗把电话贴在耳边，B说，大碗，你会想念我。挂掉电话三个小时，赵大碗的电话再次响起。赵大碗拿起电话看了看，陌生的电话号码。电话里问，你是赵大碗吗？赵大碗说，是的，你哪位？那边说，我是派出所的，麻烦你过来一趟。刚才有人报警，说你家里被盗。赵大碗说，盗就盗了吧，我家里没什么东西。那边说，你无所谓，但有人报警了，我们得处理，麻烦你配合一下。挂掉电话，赵大碗很不耐烦，到底谁那么多事，他家里被盗难道还有报警的必要？除了一张床，一张桌子，几本书，他家里空空荡荡，没什么值钱的东西。

到了派出所，警察看了赵大碗一眼问，你是赵大碗？赵大碗点了点头说，我家里没什么好偷的，如果没什么事，签个字我先走了，我还有事情。警察说，不是你家里的事情。赵大碗说，那你们找我干吗？警察说，你认识B吗？赵大碗说，认识。警察问，你最后一次见到她是什么时候？赵大碗想了想说，三天前吧。警察问，你有没有发现什么异常？赵大碗说，没什么异常，和平时差不多。回答完，赵大碗问了句，你们干吗问这个？警察说，B死了，她最后一个电话打给你的，希望你配合调查。警察说完，赵大碗身体抖了一下。赵大碗说，不可能吧，怎么死的？警察说，初步判断是跳楼自杀，基本排除他杀可能。赵大碗说，她为什么要自杀？警察说，这应该是我问你，你和她什么关系？赵大碗说，没什么关系。警察说，没什么关系为什么她最后一个电话会打给你，她和你说了什么？赵大碗说，她说她要返回她的母星。警察满脸的不相信，又问了一遍，你说什么？赵大碗说，她说她要回她的母星。警察问，什么母星？赵大碗说，B说她是个外星人。

从派出所出来，赵大碗浑身无力，他想吐。B住得那么高，从上面跳下来，该碎成什么样子。B和赵大碗讲过多次，如果没有人来接她，她只能以自己的方式返回母星。B说，母星科技高度发达，肉体只是精神存在的寄主。他们不需要肉体，他们以精神的状态存在。需要的话，他们可以将精神寄居在任何地方，任何实体。B从楼上纵身一跃，她没有像鸟儿一样飞起来，她到底还是没有克服地心引力。

过了两天，赵大碗去了B家。走到楼下，他看到门口的一块暗黑色。打开门，屋里异常安静，赵大碗打开灯。他进房间，拉开抽屉，显然这里已经被搜查过了。他想起以前，B在这里和他吃饭，喝酒，他们谈论她的母星，他把她当一个故事。赵大碗在阳台站了一会，望着地面，树木矮小，B是从这飞了下去，他还能看到下面褐色的斑点。房间里太安静了，赵大碗在房间待了一会，出来锁上门，把钥匙从门缝里塞了进去，他想他再也不会进这个房间。在派出所里，赵大碗说完B的情况后，警察给赵大碗看了一张字条，字条上写着："等了这么久，我还是要回母星。"赵大碗望着天空想，也许B真的回到了她的母星，她一直牵挂着的星球。赵大碗在殡仪馆见了B最后一面，她躺在狭窄的冰柜里，身上覆盖着白布。赵大碗说，我能看看她吗？工作人员说，还是不要了。他理解工作人员的意思，那么高跳下来，几乎是一堆碎肉。赵大碗看了看旁边的小牌，上面写着B的名字，死因一栏填的是自杀。

B回母星后，赵大碗花了半个月的时间才从迷惘和恐惧中走出来。他想不通的是，人为何会认为自己来自外星，并且坚信不疑。和B交往初期，他以为B是在开玩笑。后来他才知道，B不是在开玩笑，她是真的这么认为。感到恐惧的是他似乎听到B在召唤他，刚开始那几天，他每天晚上都会梦到B，梦里B像白雾般缥缈，和她说的一样，她的形体是虚幻的。B对赵大碗说，大碗，人类没救了，你还有什么可留恋的，来吧，和我一起，我带你回我的母星。赵大碗从梦中惊醒，额头上，背上都是汗。房间狭窄，他像是躺在棺材里。即使把房间的灯打开，压抑感依然包围着他，不能让他的感觉更好一些。

赵大碗想王素贞了，想念深圳明亮的阳光。来北京一年，他经历的事情让他疲惫不堪，他发现他没有强大的神经，在本质上，他是个懒惰且被动的人。即使他有欲望，他也缺乏实现欲望的行动力，他的理想不过是空想。这半年来，他和王素贞的联系很少，每个礼拜一到两个电话的样子。他甚至无法准确定位和王素贞的关系，他们到底算什么？情侣，他们已经很久没见了。亲人，他们还没有到那种程度。从B事件走出后，赵大碗对王素贞说，素贞，我想回深圳。王素贞问，为什么要回来？赵大碗说，我爱你，我想和你在一起。赵大碗说完，自己都感到无力、可笑，这是一个多么虚假的理由。不要说王素贞，他自己都不相信。然而，除了这个理由，他还有什么理由可讲？他想到深圳创业，重新开创一番事业？这么讲的话，就更可笑了，他是个什么样的人，王素贞清楚。王素贞说，如果你回来，就再也不能离开了。赵大碗说，不会的，我不会再离开你了。

在宝安机场看到王素贞，赵大碗觉得陌生。王素贞变了，才一年多不见，她成熟了，学生气散去，现在的她身上散发出职业女性的味道，干练、简洁。接到赵大碗，王素贞的表情淡定，她对赵大碗说，你瘦了。赵大碗说，你比以前更好看了。王素贞说，是吗？赵大碗说，真的，看起来像个女人了，以前还像个孩子。王素贞笑了笑。回到两人租住的房间，王素贞拿了套衣服给赵大碗说，这还是你以前穿的。又摸了摸床单说，知道你要回来，我买了新床单。吃过饭，该睡觉了。王素贞洗漱完，对赵大碗说，你去洗洗，早点睡吧。等赵大碗洗完，王素贞关了大灯，打开床头的台灯，拿了本书。赵大碗走到床边说，你还看书？王素贞说，睡前看看。赵大碗说，除了工作需要，我很少看书了。赵大碗爬上床，王素贞看了会书说，睡吧。她把书合上，放在床头柜上，准备伸手关灯。赵大碗说，别关，让我看看你。王素贞躺下来，赵大碗的手伸进王素贞的内衣，抓住了她的乳房。赵大碗望着王素贞说，你不想问问我在北京过得怎样？王素贞调整了下身体的位置说，不想。赵大碗问，为什么？王素贞说，你在北京的生活和我没关系。赵大碗又问，你不怕我在北京乱搞女人？王素贞说，不怕。赵大碗问，为什么？王素贞说，你要搞，我能把你怎样？赵大碗说，你不想知道？王素贞说，不想，你做了什么都不用告诉我。赵大碗抚摸王素贞的手加大了力气，他能感觉到王素贞的身体毫无热情可言，他也一样。他仔细地抚摸王素贞的身体，与其说是想挑逗王素贞的性欲，倒不如说想让自己强力勃起，他必须表现出对王素贞的欲望。过了一会儿，王素贞身体蠕动起来，她抱住赵大碗说，你进来，我想要了。

　　早上起来，王素贞上班去了。赵大碗坐在阳台上，望着远方的城市。和北京不一样，深圳的建筑高大，充满现代气息，这是一个充满活力的，年轻的城市。临走前，王素贞对他说，你要是觉得无聊就四处走走。赵大碗说，放心，我没事。王素贞往赵大碗钱包里放了三千块钱说，你先花着。在北京一年多，赵大碗没存下几个钱，买完从北京到深圳的机票，他的卡上不到一万块钱。对他的经济状况，王素贞清楚，她不想让他难为情。赵大碗对王素贞说，我会尽快去找个工作。王素贞说，你先别急，想好做什么再说，匆匆忙忙去找个工作，做不了几个月又不做了，没什么意思。赵大碗说，那我也不能在家闲着，还要你养我。王素贞说，那你以后好好工作，养我。说完，王素贞又说，你有空和你姐赵梅花联系下，你去北京这一年多，她打了好几个电话给我，问你什么时候回来。趁现在有空，你去看看她。

赵大碗给赵梅花打了电话，告诉赵梅花他回深圳了。赵梅
花问，你真回来了？赵大碗说，那还有假的。赵梅花说，回来
了好，回来了好。赵大碗说，姐，你在哪里呢？我过来看你。
赵梅花说，晚上我过来看你吧，我在厂里，你过来不方便。下
午四点，赵大碗去市场买了点菜，买完菜回来，刚到家坐下，
赵梅花的电话来了。赵梅花问，大碗，你在家吗？赵大碗说，
在家，你什么时候过来？赵梅花说，我快到了，怕你不在家，
打个电话问一下。过了一会儿，门铃响了，赵大碗打开门，赵
梅花站在门口，手里提着一袋香蕉。

进了门，赵梅花看着赵大碗说，大碗，你瘦了，你怎么瘦
成这个样子？赵梅花手捂着嘴巴，想哭的样子。赵大碗说，
姐，你看我不是好得很，莫哭。赵梅花说，我看你都不精神。
赵大碗说，谁说的，我精神得很。给赵梅花倒了杯水，赵大碗
说，姐，你还好吧？赵梅花说，我还好，这一年多没见到你，
不晓得你怎样了，我给王素贞打电话，她说她管不了你，我也
不敢多问。赵大碗说，放心，我过得还行。赵梅花问，你在北
京干吗呢？赵大碗说，也没干吗。赵梅花又问，你赚到钱没？
赵大碗有点难为情，他说，没赚到钱。赵梅花说，那你去北京
图什么呢？赵大碗说，我也不知道。赵梅花喝了口水说，你是
读书人，你有想法。别的事情我搞不懂，我只晓得人要吃要

喝，没得钱日子就没法过。赵大碗说，姐，你说得对。赵梅花说，大碗，王素贞这个女伢还真不错，这么长时间了，还等你，也不嫌弃你。要是别个女的，怕是早不要你了，你不晓得深圳的女伢几现实，除了钱，么事都不看。赵大碗说，姐，我晓得。

两人聊了一会儿，王素贞回来了。见王素贞回来，赵梅花站起来说，素贞，你回来了。王素贞放下包说，姐，你坐。赵梅花倒了杯水说，你忙了一天，累了吧，先喝点水。要不我给你剥个香蕉，路上买的，新鲜得很。王素贞说，姐，你别忙了，我自己来。赵梅花坐下来，对赵大碗说，大碗，你们两个先坐，我去做饭。赵大碗说，姐，你莫搞，我来。赵梅花说，你刚回来，陪素贞聊聊天，两个女的在屋里，要你一个男的做饭。赵梅花进了厨房，王素贞说，你去北京了，姐这是第一次来。

饭菜上桌了，赵大碗说，喝点酒吧。赵梅花看了看王素贞，见王素贞点了点头，赵梅花说，大碗，你去拿杯子。把酒倒上，赵梅花跟王素贞碰了下杯说，素贞，大碗从小被家人惯坏了，你多担待。王素贞说，姐，你说哪里话，大碗这么大人，他做什么事情自己有分寸。赵梅花说，我是他姐，我看到他回来，我高兴。说完，举杯喝了，又对王素贞说，素贞，大碗要是有什么做得不好的地方，你直接说，我晓得你是为他

好。王素贞说，姐，大碗聪明，他不用我说。吃完饭，赵大碗
送赵梅花下楼，临走前，赵梅花对赵大碗说，大碗，你以后要
注意点，不能这么任性了。王素贞忍你一回，不会忍你一世，
我从她话里都听出来了，她对你有意见，我不信你听不出来。
赵大碗说，姐，没事，过几天就好了，她委屈，有点意见也正
常。赵梅花说，要换了是我，男人一跑一年多不回来，我是不
得等他，王素贞算是有情有义的了。赵大碗说，我知道，姐，
你不说了，早点回去。赵梅花说，王素贞屋里条件好，她长得
也好，能结婚你早点把婚结了，想碰到个好女伢不晓得几难。

　　送赵梅花回来，刚进屋，王素贞说，大碗，你有没有发现
你姐今天很奇怪？赵大碗说，怎么奇怪了？王素贞说，她以前
哪是这样和我说话，你看她今天多客气。赵大碗说，她是觉得
我对不起你。王素贞说，是她觉得你对不起我？说完，眼睛红
了。赵大碗抱住王素贞说，是我对不起你。王素贞忍了两天的
眼泪终于掉下来了，她在赵大碗怀里哭得稀里哗啦。这一年多
所有的委屈，所有的不满，所有伤心伤肺的往事都浸在了眼泪
里。王素贞哭着对赵大碗说，大碗，你以后不能再对不起我。
赵大碗吮吸着王素贞脸上的眼泪说，我不会，我不会。王素贞
的眼泪又咸又涩，味道不好。

8

　　唐笑倩的肚子鼓了起来，微弱的，不知道的人会以为她胖了。人到中年，肚子和屁股充气一般，和少女时代的平坦匀称没得比了。看着唐笑倩的肚子，如果不是唐笑倩告诉他，她怀孕了，陈若来也会以为唐笑倩胖了。从甘南回来后，唐笑倩逐渐丰满起来。先丰满起来的是手臂和大腿，接着是肚皮。陈若来想起《动物世界》里赵忠祥的解说："秋风吹过一望无际的大草原，这些草原上的生灵抓紧最后的时间进食，它们忙着储藏过冬的脂肪。到了冬天，雪将覆盖整个原野，它们将在黑暗中度过漫长的冬季。"唐笑倩如同一只母兽，她积攒着脂肪，她肚子里新的生命正在成形。

拿到报告，唐笑倩过了一个多月才告诉陈若来她怀孕了。陈若来不信，他说，你肚子扁扁的，哪像怀孕了。唐笑倩比了比说，它还那么小，橘子那么大，还没显形。怀孕后的唐笑倩和往常没什么异样。有的女人怀孕后吐得昏天黑地，或者馋嘴，这些现象唐笑倩都没有。她的身体平静如昔，既不孕吐，也没有什么特别想吃的东西。唯一的变化是每月一次的月经没了，她的下面干干净净。陈若来从来没有注意过唐笑倩的生理周期，他们睡在不同的房间。以前，每次来月经，唐笑倩都仔细地收拾好，她见不得女人粗枝大叶邋邋遢遢。即使在经期，她也把自己收拾得清爽利落。月经带着躁动的腥味儿，和正常血液的气味不同，她不想让陈若来闻到那股味道。对她来说，那是女人私密的味道，男人不应该知道。偶尔在酒店或餐厅厕所，看到垃圾桶里卫生巾上暗红色的一抹，她想，那该是多粗糙的女人。她从来不会那样。

自从怀孕后，唐笑倩没再去陈若来的房间，医生告诉她，怀孕前三月，最好不要同房，胚胎刚着床，很容易出问题，尤其是她这种高龄孕妇。这两个月，对陈若来的性邀约，唐笑倩礼貌地拒绝。和以前一样，陈若来没有逼她，在这方面，他对她抱有足够的尊重。等她告诉陈若来时，二个月过去了。陈若来说，你真怀孕了？唐笑倩拿出报告，指着上面细小的黑点说，你看，它在这呢，这么简单的事情，医生不会弄错的。陈若来说，为什么不早点告诉我？唐笑倩说，医生说前三个月不太稳定，容易出问题，现在应该没问题了。陈若来说，看你好像没什么不舒服的，一点都看不出来怀孕了。唐笑倩摇摇头，笑着说，没有，你看，我能吃能喝，孕妇的那些症状我都没有，我都怀疑我是不是怀孕了。陈若来说，多好。他抱过唐笑倩，手伸向唐笑倩的肚皮，她的肚皮比以前稍稍软和了一些。陈若来的手随着唐笑倩的呼吸微微起伏。唐笑倩把手盖在陈若来的手上说，它还太小了，你感觉不到的。陈若来问，那你呢？唐笑倩说，我知道它在，我能感觉到。

陈若来建议唐笑倩把工作辞了，他说，我们不缺这点钱，我知道你也不在乎这点钱，只是打发下时间，有个朋友圈。以前不说，现在情况不一样了，好不容易有个孩子，我不想出什么状况。等孩子大了，你想干吗干吗，我不拦你。唐笑倩想了想说，也好。辞掉工作，唐笑倩大部分时间待在家里，看看电视，偶尔和女朋友一起逛逛街。逛到婴儿用品店，唐笑倩爱心大发，每件小衣服看起来都那么漂亮，她想把它们都买回去。她摸着衣服对女朋友说，这么小，能穿得进去吗？女朋友笑，说，你以为刚生下来的小孩子有多大，六斤到八斤都算正常，小小的一团。六斤，唐笑倩想不出来六斤的小人儿是个什么样子。以前，她见过朋友的小孩，她不敢抱，生怕抱坏了。再去菜市场，唐笑倩对卖肉的说，六斤肉有多少？卖肉的指着肉案上的一块说，这块差不多。唐笑倩盯着那块肉看了半天，六斤，还要分出头，手手脚脚，那真是小小的一个。她想给肚子里的孩子买些衣服。女朋友说，先别买了，还不知道男孩女孩呢。再说了，小孩子的衣服最好是穿过的，磨合过的衣服贴身，不伤孩子皮肤。唐笑倩说，那就难找了，我身边的朋友，孩子都上初中了。女朋友说，你这还早呢，我帮你问问，有人家孩子穿过的最好了。

陈若来回家比往常早了些，他给唐笑倩请了个保姆，全职住家。用陈若来的话说，你一个人在家也挺无聊的，有人陪你聊聊天也好。再说，等孩子生了，保姆也熟悉了家里的情况，照顾起来方便。月嫂的事情先不着急，临产前再找都来得及。保姆比唐笑倩大十几岁，看着却像大了近三十岁。唐笑倩还没到需要人照顾的时候。两个人在家里，保姆除了做饭、洗衣服、打扫卫生，没多少事干。多半时间在陪唐笑倩聊天，看电视。她对唐笑倩说，这怎么好意思呢。唐笑倩说，没事，我一个人待在家里也无聊，有人聊聊天也好。保姆说，先生对你真好。唐笑倩笑了笑，嗯，是挺好的。

知道唐笑倩怀孕后，陈若来再看到王素贞，眼神躲躲闪闪的。他和王素贞说起过唐笑倩怀孕的事情，王素贞说，你不是一直想要一个孩子吗，挺好的。王素贞说的时候，脸上还带着笑，陈若来仔细观察过那张脸，似乎没有强作欢笑的意思。他想起王素贞和他说的，赵大碗回来了。事情也巧，唐笑倩怀孕了，赵大碗回来了，他们两个像是商量好了似的。在公司里，王素贞神态如常，该处理的事情有条不紊，见到陈若来还是叫"陈董"，也没有追问他什么。王素贞越是这样，陈若来心里越是不踏实。暴风雨来临之前，天空一片平静。如果真有暴风雨，他希望能在暴风雨来临之前做好准备，不至于被打得措手不及。陈若来考虑过，如果王素贞提出什么要求，只要他能解决的，他都给办了。唐笑倩的肚子越来越大，拖得越久，事情越不好办。

　　陈若来给朋友打了个电话，说想借他的地方用用。朋友说，那么客气干吗，我打个电话说一声，你直接去就行。朋友的地方陈若来去过三次，依山面海，还有一片小小的沙滩。每次去，热热闹闹一堆人，男男女女的。男的彼此都认识，偶尔有陌生的朋友，交流几句，不是一个圈子的，就是有往来。女的新鲜、年轻，很少重复。一帮人吃吃喝喝，吃喝完各自散开，树林、海滩、房间，各自寻欢作乐。陈若来对朋友说，你这儿哪是什么休闲地，简直是个淫窝，一对对狗男女勾勾搭搭。朋友喝茶，也不生气，我本来是想休闲的，他们带姑娘来，也不好拒绝。这帮老男人，又想搞女人，又怕出状况，逃到我这荒山野岭的，放开胆子乱来。说完，对陈若来说，你有空带倩倩过来玩。陈若来说，我可不敢，你这儿乌烟瘴气的，倩倩得把我看成什么东西。朋友说，算了吧，倩倩又不是没见过世面的人，这点事儿她能不懂？再说了，你这口碑在朋友圈是人人皆知，守身如玉的典范。陈若来说，狗屁，我是没碰到合适的姑娘，要是碰到合适的姑娘，我比你们还公狗。朋友"哈哈"大笑。陈若来这话半真半假，真的是如果真碰到这样一个姑娘，他可能也克制不住；假的是堵一下朋友的嘴，不要显得太不合群。放电话之前，陈若来说，我就两个人，你不用管我们，留个人做做饭就行。朋友说，你终于舍得带倩倩来了，怎么着，要清场？陈若来说，要清场。想了想，补充了句，不过，不是倩倩。朋友说，哦，懂了，放心。

　　联系好地方，陈若来对王素贞说，阿贞，周末和我出去一趟。王素贞问，去哪儿？陈若来说，别问，你跟我走就行。王素贞说，晚上回来吗？陈若来说，不回来。王素贞说，好的，我准备下。回到家，王素贞对赵大碗说，大碗，我周末要出去一趟，不陪你了。赵大碗说，你忙你的，我也有事情要干。王素贞亲了赵大碗一口说，你不生气就好。赵大碗说，傻瓜，我生什么气，你有事情嘛。陈若来回到家，对唐笑倩说，倩倩，周末我要出去一趟。唐笑倩说，好的。陈若来说，你有什么事情打电话给我。唐笑倩说，能有什么事情，我自己好得很，小

家伙也乖。陈若来摸了摸唐笑倩的肚皮说，它一天比一天大
了。唐笑倩说，大就对了，要是不大才着急呢。

　　到约定的地点碰头，王素贞上车后，关上车门问，我们去
哪儿？陈若来说，出城。他看了看副驾位的王素贞，她穿着牛
仔裤，头发扎了起来，耳垂上有一颗耳钉。陈若来问，什么时
候打的耳钉？王素贞摸了摸耳垂说，前段时间。陈若来说，怎
么突然想到打耳钉了？王素贞说，也没什么，想打就打了。陈
若来说，挺好看的。他又看了看王素贞的耳垂，她的耳朵边上
搭着一缕头发，脖子显得嫩白细长。陈若来想亲亲她的耳垂，
亲亲那枚亮闪闪的耳钉。

　　车开到朋友庄园门口，陈若来按了按喇叭，狗叫声狂躁起
来。王素贞说，这什么地方，荒郊野岭的。陈若来说，朋友的
地方，进去你就知道好了。过了两分钟，一个带着草帽的中年
男人跑过来，隔着门问，你找哪位？陈若来报了名字和电话。
来人说，哦，陈董啊，欢迎欢迎。他打开门，让陈若来进去。
进门是一条狭窄的小道，两边种的都是荔枝。过了荔枝林，道
路开阔起来，有鱼塘和水池，两栋别墅淹没在半山腰的树林中
间。陈若来把车停在别墅门口，打开门，领着王素贞进去。别
墅远看不大，进来才发现不小，后院还有游泳池。

　　王素贞进了房间说，这儿可真够偏僻的。陈若来说，吃完
饭我带你去海滩。王素贞放下包说，你带我来这儿，不会只想

带我去海滩吧？陈若来说，太聪明了也不好。陈若来拉开窗帘，把窗户打开，山上有嶙峋的山石，满目翠绿。王素贞说，有点热。陈若来说，一会儿就凉了，要不开冷气？王素贞说，不了。她站在窗边问，你是不是把整个庄园都订了？陈若来说，不是，朋友的地方，不对外营业。王素贞望着陈若来说，你经常来？陈若来说，来过几次。王素贞说，这是你们的淫窝据点吧？陈若来说，你这么说也行，他们经常带姑娘过来。王素贞问，你没带？陈若来说，带了，今天，第一次带姑娘来。王素贞说，我有点热。说完，把上衣脱了。接着，把牛仔裤脱了。陈若来看着王素贞，他的眼睛明亮起来。王素贞脱掉文胸和内裤，赤裸裸地站在房间说，这样好多了。她说，你也脱了。陈若来犹豫了一下，王素贞解开了他的扣子。

　　下午的光线柔和明亮，房间桌子上的玻璃杯一尘不染，亮得像一颗星，窗帘随风微微摆动。王素贞靠在沙发上，对陈若来说，你好像从来没有好好看过我，我让你看清楚。陈若来下体挺拔起来，他急急抱住了王素贞。王素贞推开陈若来说，我也没有好好看过你，你让我看看。陈若来松开王素贞。王素贞说，你站起来，站我面前。陈若来站起来，面对着王素贞。王素贞说，你转一圈，转一圈给我看看。陈若来缓缓转过身，背对着王素贞。接着，他背后一热，王素贞抱住他说，你身材挺好的。她的手绕到前面，抓住了陈若来。陈若来想把王素贞按在沙发上，王素贞说，不，不要，你看着我。王素贞在沙发上呻吟起来，声音放肆夸张，她扭动着身体，像个毒瘾发作的瘾君子……

吃过饭，喝了两瓶红酒，陈若来的情绪平复下来。王素贞坐在陈若来对面，她此时的表情和在房间里判若两人。房间里的王素贞炙热如火，现在的她温婉端庄。陈若来突然觉得舍不得，他舍不得这个女人，他想伸手摸摸她的脸。陈若来想回房间，王素贞说，你不是说想带我去海滩吗？我想去海滩。天已经黑了，漫天的星星。穿过树林时，有光亮落在地上，斑驳的一片。王素贞说，难得还能看见星星。陈若来说，嗯。王素贞说，这么大个地方，只有两个人，想着也挺让人害怕的。陈若来说，放心，这里安全得很。王素贞说，我知道，我是说如果两个人长期住在这儿，大概也会空虚害怕。陈若来说，偶尔住一下还是不错的。陈若来抓住了王素贞的手。走到海滩，看不清沙子的颜色，海面闪动着银白色的月光。王素贞脱了鞋子说，你陪我走走。望着远处的一团黑色，王素贞问，那里是什么？陈若来说，大概是船只吧。王素贞说，我们去看看。陈若来说，怕是走不过去，应该挺远。王素贞说，你还有别的事情吗？陈若来说，没有。王素贞说，那你陪我走走吧。

海滩不大，走了大约十几分钟，他们走到了海滩边缘，一块块巨石挡住了去路。陈若来说，走不过去了。王素贞说，你说能不能爬过去？陈若来说，应该不行，石头太大了。王素贞说，试试，能走多远走多远。陈若来脱了鞋子，两人在石头堆里走了几米远，石头缝里又滑又湿，还有附着在石头上的贝类。陈若来说，过不去了。王素贞找了块大石头坐下说，你陪我坐会儿。陈若来坐在王素贞边上，手挽住了她的腰。王素贞说，你带我到这儿，有话和我说吧。陈若来想起了来之前他的打算，但是现在他不想说了。他说，其实也没什么，想和你单独待两天。王素贞说，你以前读诗吗？陈若来说，也读，我们读大学那会儿，诗歌很热。王素贞说，大碗是个诗人。陈若来说，怎么突然想起他了？王素贞说，我读过大碗很多诗，那会儿是真喜欢，这两年我基本不读他的诗了。陈若来说，一段年龄一种心态吧，这很正常。王素贞说，我知道你约我出来是有话想对我说，说吧，没事的。陈若来说，真没什么事。他想起了房间里王素贞呻吟着，扭曲的身体。王素贞说，倩姐怀孕了，你是不是想着要和我摊牌？陈若来说，来之前的确这么想，现在不想了。王素贞问，为什么？陈若来说，我说我爱你，你信吗？王素贞说，信。陈若来说，那我更不想说了。王素贞说，我不和倩姐争，我也不要什么。陈若来说，那对你不公平。王素贞说，我没想过公平的问题。陈若来问，那赵大碗怎么办？王素贞说，他是我男朋友，这有问题吗？陈若来说，没有。他明白了王素贞的意思。

　　重新回到海滩，王素贞说，今晚我想睡在海滩上。陈若来说，晚上会冷。王素贞说，不怕。王素贞望着海面的远处说，那里有什么？陈若来说，海岛吧。王素贞说，再远点呢？陈若来说，大概是无边无际的海水。王素贞说，那再远点呢？陈若来说，再远点可能是美国。王素贞重复了一遍，美国。她仰面躺在沙滩上，望着天上的星星说，你觉得有外星生命吗？陈若来说，从理论上讲，应该有吧。那么大的宇宙，不可能只有地球存在智慧生命。王素贞说，如果有选择，来世我想做个外星人。从遥远的太空，俯视地球这些无知的生命。陈若来说，那你就见不到我了。王素贞说，谁知道你下辈子在什么星球。海风吹过来，果然有些凉了。王素贞对陈若来说，把我的衣服脱了。王素贞说，从少女时代起，我就幻想过有一天，有一片海滩，整个海滩只有两个人，在月光下不要脸地做爱，海浪刷刷地冲刷着海滩。今天就是那一天了。她摸着陈若来的脸说，如果你是赵大碗，那该多好。

　　重新回到深圳，对赵大碗来说像一次裂变，他知道他的梦幻期结束了。北京故事，他偶尔回想起来会怀疑其中的真实性，这一切是不是真的发生过，或者是不是他过着一种虚拟的生活，这种生活主要由想象构成。相比较北京，深圳的生活具体实在，具有坚实的痕迹。比如说他姐赵梅花，她在工厂里打工，流水线上的作业，让她磨去了少女的痕迹，她比他大不了几岁，看上去像他阿姨。赵大碗进大学那年，赵梅花来了深圳。等赵大碗大学毕业，赵梅花结婚了，男人同样是乡下的。结婚后，赵梅花生了个儿子，赵大碗见过几次，没什么特别感觉，虽然那是他外甥。赵梅花曾抱着儿子对赵大碗说，儿子，你以后要向舅舅学习，做个文化人。做文化人好啊，不做事有吃有喝的。赵梅花捏着儿子的脸问赵大碗，大碗，你看外甥像不像你，都说外甥多像舅的。赵大碗说，我看不出来。赵梅花指着鼻子、眼睛说，你看，多像你，你小时候和他现在一个样。赵大碗看了外甥几眼，皱了皱眉头，他对赵梅花说，姐，你把他脸洗干净点，脏死了。赵梅花说，哎呀，一天给他洗一百次还是这个鬼样子，哪个有时间时时跟他耗，管得他。虽然同在深圳，赵大碗和赵梅花联系不多。除了偶尔一起吃个饭，基本没联系。父母都不在了，他们需要交流的东西很少，也说不到一块儿。赵大碗说的，赵梅花听不懂。赵梅花说的，赵大碗不爱听。

回深圳两个月，赵大碗在家里窝了两个月，头发蓬乱，眼睛闪闪发亮。白天，王素贞上班，他在家里忙着列表，分析。写满了，又涂掉，纸上布满歪歪斜斜的字迹，一团团黑疙瘩。晚上，两个人一起吃饭，看看电视，睡觉。等王素贞睡了，赵大碗打开台灯，趴在桌子上，继续白天的工作。王素贞问赵大碗，大碗，你有什么打算？赵大碗说，我在考虑、分析，想好了告诉你。王素贞看着桌上的一堆打印纸说，想细点，想深点，这次你要想好，别像以前一样。做什么事情，要有长久之计，换来换去不是个办法。你想，任何一个行业都要积累资源，你没积累起资源，什么都做不了。换得太频繁，好不容易积累起的资源，又用不上了。进入新的行业又是新人一个，一切都得从头开始，你说是不是？赵大碗说，你说得对，这次不同以前了。王素贞说，希望你说的是真的，我是再经不起折腾了。

赵大碗说的是真的，在家里这段时间他对自己做过一个详尽的分析。主要分析的问题有这几个：我能做什么？我会做什么？我喜欢做什么？这是不是一个有前途的行业？经过分析，赵大碗发现，他能做的事情非常有限，他并没有他以前想象的那么多才华。作为一个名牌大学毕业生，赵大碗不可能像赵梅花一样进工厂打工，他丢不起这个人，王素贞也不会愿意，何况没有任何前景可言。他也不可能去做所谓的管理人员，他连自己都管理不好，管别人像是一个笑话。深圳的企业多数是生产型企业，管理人员需要一定的技术基础，他一个文科生，没有技术可言。没错，深圳有很多企业内刊，如果他愿意的话，去做做企业内刊没问题，他相信他具备这样的素质，但他不愿意。如果只是为了做一个企业内刊，那他为什么要去北京，又灰头土脸地回来？

　　想了两个月，赵大碗想好了。确定方向那天，赵大碗有种久违的愉悦，虽然一切还没有开始，但他相信这么做是正确的。他焦急地等王素贞回来。快七点，赵大碗听到了门锁响动的声音，赵大碗从电脑前弹起来，打开门。一关上门，赵大碗把王素贞紧紧搂在怀里，热烈地亲吻王素贞的脸。王素贞用力地推着赵大碗说，你发什么神经，脸上有汗呢。赵大碗依然不管不顾地亲着王素贞的脸、脖子，像是王素贞的汗都是甜的一样。亲了一会儿，赵大碗放开王素贞说，素贞，我想明白了。王素贞理了理头发，不屑地说，你想明白什么了，是不是在家里看毛片看得发情了？赵大碗说，不是，我想明白我该干什么了。王素贞说，说说看，你想明白你该干什么了？赵大碗说，晚上出去吃饭吧，我想喝杯酒，一边喝一边聊。王素贞说，切，你就是想喝酒了。说完，又补充了句，这鬼天气，真是热死了，搞得我也想喝一杯了。

　　两人去楼下找了个大排档，在靠近空调的位置坐下。赵大碗叫了四瓶啤酒，打开，给王素贞倒上一杯说，先喝一杯。喝完一杯，赵大碗重新满上说，想不想听我说说？王素贞举起酒杯说，说什么？赵大碗说，你到底有没有在听我说话啊，刚和你说过，我想清楚我该干什么了。王素贞又喝了一杯说，你说吧，我听着。赵大碗说，你这态度，是不是觉得我特别不靠谱啊？王素贞说，算不上特别，有点吧。赵大碗说，我这次说真的。王素贞又举起了酒杯，赵大碗把王素贞手里的杯子压下来说，你先听我说。王素贞说，好吧，你说。赵大碗说，我这个计划分三步走。赵大碗一说完，王素贞就笑了，你还三步走呢，搞得像建设共产主义似的。赵大碗说，你别笑，我和你说真的。你看，像我这种人，我肯定干不了工厂流水线的活儿，也习惯不了体制，更不可能去干投机倒把的生意。王素贞说，你别在这儿故弄玄虚了，有什么想法赶紧说，热死了。赵大碗说，我最大的优势是我的文字能力，换句时髦的话叫创意，我可以从这里找切入点。王素贞说，好像是那么回事儿。赵大碗说，你看看现在深圳街头的广告，那广告词和设计大多数能看吗！王素贞说，这和你有什么关系？赵大碗说，有关系，我要说到正题了。你想，如果我去开一家广告公司，那会怎样？听赵大碗说完，王素贞摆了摆手说，好了好了，如果是这个，我们就不谈了，深圳满大街的广告公司，不缺你这一个。赵大碗说，我这个和他们不一样。我不是要做一个通常意义上的广告公司，而是想做一个广告投放的集成平台。广告公司虽多，但很多广告公司并没有好的投放平台，同时呢，很多广告公司的创意和设计还存在欠缺。如果我去做一个好的投放平台，解决广告公司的投放问题，还能提供好的创意，那就不一样了。王素贞说，听着好像有些意思。赵大碗举杯和王素贞碰了下，喝完杯中酒说，我的计划是第一步组建一个好的投放平台，解决投放问题。至于创意和设计这些具体的问题，在我把控的前提下，可以交给别的公司去完成。我相信未来的趋势一定是平台，集成平台，这样才会有大的发展空间。王素贞想了想说，大碗，不是我泼冷水，你这想法虽然不错，但你有资源搭建平台吗？赵大碗说，目前是没有，但我可以先把渠道打通，比如说深圳很多土企业家在中央台投广告，你知道他们要浪费多少钱吗？可能成本只需要三百万，但他们得花五百万，原因很简单，他们找不到有效的渠道。王素贞说，那你能找到吗？赵大碗说，在北京这一年多，我发现一个问题，其实北京那些媒体非常需要好的品牌来投广告，但他们懒得去找，或者说没有动力去找。深圳这边的企业又认为北京的价格太昂贵，不好弄，这里面就有问题了。王素贞说，信息不对称。赵大碗说，这次你倒聪明了，是这个问题。王素贞说，你继续讲。赵大碗说，等平台建好后，把主要方向放在两个地方，一个是户外，另一个则是网络。王素贞说，那电视和纸媒呢？赵大碗说，你别看电视和纸媒现在还不错，要不了几年，他们会被网络干掉，死无葬身之地。王素贞说，这个我倒不觉得，网络我觉得还是不太靠谱，谁愿意在网络上花钱。赵大碗说，我敢跟你赌，这是个趋势，免费时代终将结束，付费时代即将到来，电视和纸媒都会转移到网络上。好的商业模式必须顺势而为，网络绝对就是趋势。王素贞说，那第二步呢？赵人碗说，我说的就是第二步。王素贞说，好吧，那第三步呢？赵大碗说，第三步是扩展到视频和影视领域，随着网络化，视频需求会出现海量增长，到那个时候影视会出现极大空间。赵大碗说完，王素贞说，你这个计划倒是挺宏伟的。赵大碗说，岂止宏伟，简直激动人心，而且也符合我的气质，能发挥我的长处。王素贞说，要是真像你说的这样，我们不是要发达了？赵大碗认真地说，至少是几百个亿的生意。说完，两个人都笑了起来，他们似乎很久没有笑得这么开心了。

回到家，赵大碗和王素贞好好做了一次爱。从北京回深圳这么长时间，他们做过多次，例行公务似的，如同尿涨了需要排泄，吃饱了需要拉屎一样。纯粹的生理需求，和爱情没什么关系。至于快感，不是没有，强烈又说不上，平平淡淡的，老夫老妻一般。这次，两人充满激情，赵大碗咬着王素贞的肩膀说，我会让你过上好日子的，我要成为一个有钱人。王素贞热烈地回应着赵大碗，等你有钱了，我们去买个别墅，买在海边上，天天看着海浪打在沙滩上。赵大碗的身体生猛有力，他被巨大的激情鼓舞着。做完后，激情退去，理智重新回到身上，王素贞靠在赵大碗怀里说，大碗，我也没想过大富大贵，我们不能比别人过得差是不是？你能这样想问题，动起来，好好做，我就很开心了。赵大碗说，放心，我会的。

在王素贞看来，赵大碗的计划太过庞大，不切实际。听起来似乎有美好的前途，做起来却没那么容易。在投资公司两年，王素贞虽然没有直接接触多少项目，看的资料却不少，多数项目计划书要经过她的手，才能摆在陈若来的案头。碰到合适的项目，陈若来会和王素贞聊聊，听听她的意见。王素贞说，陈若来听，时时点点头，他很少打断王素贞的话。操作过程中，王素贞只有听和看的份，两年下来，她也算了解了些操作规则。她分析了赵大碗的计划，如果以一个项目来看，最致命的缺陷在于，他没有资源支持。也就是说，即使他能想到这个创意，在操作过程中也会碰到很多问题，有些问题甚至是他无法解决的。比如说渠道建设，他很难打通北京、上海的媒体资源。如果不能打通这些资源，所有的计划都是纸上谈兵。这些问题，陈若来想必是懂的，她想，她最好咨询一下陈若来。

　　办公室里的人都走了，王素贞看了看陈若来的办公室，里面灯还亮着。即使不看灯，她也知道陈若来没走，她一直留意着。王素贞走到陈若来办公室门口，敲了敲门。陈若来看着王素贞说，你还没走？王素贞说，我有点事情想咨询下你。陈若来说，坐下来聊。陈若来站起来给王素贞倒了杯水问，有什么事情？王素贞把赵大碗的计划讲了。陈若来听完问，赵大碗和你讲的？王素贞说，也没有说得特别具体，大致是这个意思。陈若来说，大体上来说，我觉得这个创意还是不错的，不过有些地方可能还需要调整，框架不错，操作层面上还有很多地方需要完善。说完，又问，我记得大碗是个诗人，他好像没做过商业的东西吧？王素贞说，没做过，我觉得他的想法太大了，做不了。陈若来说，看怎么做吧，至少我觉得方向是对的，我同意他的判断。不过，操作能力会是个大问题，他把握不了。聊了一会儿，陈若来看了看表说，也晚了，一块儿吃饭吧。王素贞说，不了，我想早点回去。陈若来说，也行，那改天一起吃饭。出办公室前，陈若来抱了抱王素贞，在她额头上亲了一下。他闻到王素贞头发上清新的香味，她早上应该洗过头。

计划有了，怎么干才是关键。刚刚提出这个计划时，赵大碗激动得不能自已，像是发现了一个惊天秘密。冷静下来思考如何落实时，他发现难度比他想象的要大得多。在北京那段时间，他认识了一些媒体人，联系之后发现，人家对他的想法不太热情。赵大碗想了想原因，他认识的这些媒体人层级太低，还没有能力和资源去操作这个事情，再且人家对他也缺乏信任。这也对，你什么都没有，人家凭什么相信你。王素贞偶尔会问起他的进度，他说，还在联系人，把人组织好，事情就好办了，做任何事情都是人的事情。王素贞说，别急，慢慢来，要是那么容易做成事，世界上就没有穷人了。王素贞说得轻描淡写，赵大碗听着却是另一个意思，他怀疑王素贞不相信他能把事情做成，纯粹是出于礼貌性的安慰。

接到陈若来的电话，赵大碗有点意外，他没想到陈若来会打电话给他。到目前为止，他和陈若来见过三次还是五次，赵大碗不记得了。陈若来的样子他还有些印象，斯文得体，成功人士的样子。以前，王素贞经常和赵大碗提起陈若来，语气里带有崇拜。她说，陈若来是博士，可不是暴发户。她说陈若来博士毕业出来创业，经历风风雨雨，如今终于成功了。她还讲起陈若来的太太唐笑倩，唐笑倩当然也是漂亮动人的。这个人的人生如此完美，真是让人羡慕。再后来，王素贞告诉赵大碗，陈若来的太太是他老师的女儿，他到深圳发展也是岳父的主意。王素贞说，任何人的成功都不是偶然的，除了能力，贵人相助也很重要啊，我们的贵人在哪里呢？

陈若来在电话里说，大碗你好，我是陈若来。赵大碗反应过来后说，哦，陈董，你好。陈若来说，晚上有时间吗，一起吃个饭？赵大碗说，有什么事情吗？他不大喜欢和陈若来一起吃饭，和陈若来一起吃饭让他有压力，他总觉得王素贞在拿他和陈若来做对比。两个人坐在一个桌子上，他毫无优势可言，他那点文学才华，在现实的压迫前无处可藏，又一钱不值。他努力做出一副超脱，甚至冷淡的样子，不过是在掩盖他内心深处的自卑罢了。陈若来说，倒真是有点事情，我想和你聊聊。赵大碗说，陈董开玩笑了，你和我有什么好聊的，你那境界我搭不上边儿。陈若来说，那不一定，说不定就搭上了。赵大碗说，陈董太高看我了。陈若来笑了起来说，那就这样，我订好地方告诉你。对了，就我们两个，没别人。赵大碗说，就我们两个？陈若来说，就我们两个，你跟阿贞请个假，不要和她说跟我一起。

　　挂掉电话，赵大碗给王素贞打了个电话说晚上不在家吃饭了，有朋友约谈点事情。王素贞说，你少喝点，喝多了老是胡说八道得罪人。赵大碗说，我知道了。为什么不约王素贞一起，赵大碗想了想，这有点蹊跷。见到陈若来，他穿的是短袖休闲衬衫和牛仔短裤，脚下一双凉鞋，远远地向赵大碗招手。赵大碗在陈若来对面坐下说，没想到陈董也会来这种地方。陈若来笑了笑说，都是人，都食人间烟火。陈若来告诉赵大碗地方时，赵大碗颇感意外，他以为陈若来会去高档酒楼，树影婆娑小桥流水的那种，连服务生都穿着古典汉服，要么穿着开衩到大腿根的旗袍。那样，他可以完美地实现对他的碾压。赵大碗朝四周看了看说，还真是满目人间。四周都是人，密密麻麻的，这大概是深圳最热闹的大排档了，一个档口挨着一个档口，贩卖着东南西北的美食。

　　他们去的是一个烧烤档，也能点菜。两个人坐着一张小桌子，离得很近，赵大碗甚至能看到陈若来的眉毛里有一颗不大引人注目的黑痣。陈若来问，喝点什么？赵大碗说，都行。陈若来说，那来点啤酒吧。赵大碗说，好。陈若来叫了半打啤酒，分给赵大碗三瓶说，两个男人喝酒就不倒来倒去了，承包到户吧。赵大碗笑了起来说，没想到陈董喝酒倒还蛮豪气的。陈若来也笑了起来说，都年轻过，不过，倒真是很久没有好好喝点啤酒了。喝完三瓶，陈若来又叫了半打，摆好瓶子，赵大碗说，陈董约我过来，大概不是想喝酒吧？陈若来说，当然不是，先喝点再说。赵大碗说，还是先说了再喝吧，不然我这心里不踏实。再说，万一喝多了，你说什么我也不记得。陈若来说，那也行，那我先说。陈若来往后靠了靠，望着赵大碗说，我听阿贞讲了你的创业计划。赵大碗说，哦，这样，陈董有什么指导意见？陈若来说，大致上我同意你的判断，做平台无疑很有前途，而且网络必然会代替传统媒体，至于未来的媒体模式，我没办法猜测，那是技术的问题，随着技术的革新，信息传播模式也会随之调整。你说可能不出十年，视频和影视会有一个爆发期，这和我的判断也非常一致。赵大碗说，陈董这是在表扬我了。陈若来说，如果只是为了表扬你，我就不找你了。赵大碗说，那我就不明白了。

陈若来和赵大碗碰了个杯说，你这个想法很好，但你没办法完成，至少你目前没办法完成。赵大碗的脸色有点难看。陈若来说，你需要帮助。赵大碗望着陈若来，等他说话。陈若来举着酒杯说，你毕竟年轻，缺钱缺人，再好的想法也难以实现，而且你没有商业经验，这些都是你的致命伤。赵大碗点了根烟说，我知道做起来很难。陈若来说，你缺的，我都有。说完，笑眯眯地看着赵大碗。赵大碗犹豫了一下，试探着说，陈董的意思是？陈若来说，我可以帮你。来吧，我们喝一杯。喝完酒，赵大碗问，你为什么帮我？陈若来说，我是个商人，不做无利可图的事情。陈若来和赵大碗低声说了几句。说完，他对满脸通红的赵大碗说，大碗，我不逼你，你自己想，想好了回复我。赵大碗说，我上个洗手间。从洗手间回来，赵大碗的脸色正常了，他洗了脸。赵大碗举起杯，神色悲切地说，我同意。陈若来碰了下杯说，合作愉快。

当晚，赵大碗是醉着回家的。

9

从兰州回来，唐笑倩和郭子仪的联系时断时续。多数情况下，他们隔三四天打一个电话，十天八天打一个也算正常。唐笑倩给郭子仪打电话多半是在午后，吃过午饭，她一个人躺在床上，关上门。怀孕后，陈若来外出得少了，每晚尽量回来陪着唐笑倩。两个人长时间待在一起，话很快说完了。和别的夫妻一样，他们的话题主要集中在对孩子的想象上。唐笑倩问过陈若来，想要男孩还是女孩。陈若来说，无所谓，只要是我们的孩子，我都喜欢。唐笑倩说，你恐怕还是喜欢男孩子多些，你们潮汕人重男轻女很严重。陈若来说，那是老人家的想法，我不这么想。唐笑倩说，理智上你可以这么说，心底里恐怕也不是。陈若来说，我要是和他们一样，还能忍你这么多年不生孩子？唐笑倩说，你到底还是承认了，也是忍着。陈若来说，这个我不否认，我喜欢孩子，也一直想要个孩子，以前你不肯生，我还是失望的。等了这么多年，终于等来了。唐笑倩的肚子鼓了起来，陈若来把手放在唐笑倩的肚子上，那小小的胎动对他来说像是奇迹的信号。唐笑倩说，要不去看看是男孩女孩？陈若来说，不要了，这么早知道结果就没有期待了。唐笑倩说，早点知道我好给小家伙买衣服。陈若来说，这个你不用操心，再说小孩的衣服无所谓男女的。唐笑倩有时想要个女孩，有时又觉得男孩好。她想如果她怀的是双胞胎就好了，一个男孩，一个女孩。那就不用纠结了。

给郭子仪打电话时，她的手摸着肚子，轻柔地抚摸，和郭子仪说话的语气也温柔起来。每次接到唐笑倩的电话，郭子仪总是懒洋洋的，像是还没有睡醒。唐笑倩问，你干吗呢？郭子仪说，正准备午睡，刚吃完饭，犯困。唐笑倩说，你这习惯倒是挺好的。郭子仪说，中午不睡会，下午精神不好，毕竟年纪大了。唐笑倩说，我在甘肃的时候没见你午睡，精神不也挺好的。郭子仪说，那是特殊情况。唐笑倩问，怎么特殊了？郭子仪压低声音说，还不是因为有你在。郭子仪的回答在唐笑倩的预料之中。每次问，郭子仪都这么回答。明知道每次郭子仪会这么回答，唐笑倩还是会这么问。这一问一答之间，让唐笑倩觉得甜蜜，似乎这个人还在她身边。

　　决定生个孩子，对唐笑倩来说完全是个偶然事件。在中川机场，唐笑倩对郭子仪说，郭子仪，我的后半生是你的。回到深圳，她想告诉陈若来，我们在一起这么多年，缘分尽了，不如分手。陈若来到机场接她时，她想，不要急，不要这么急不可耐，过些天再说。回到家，洗完澡，陈若来小心翼翼地抚摸她，结婚这么多年，他碰她的乳头前还会看看唐笑倩，像是征询她的意见，生怕她不高兴一样。如果唐笑倩闭着眼睛，或者微微点点头，陈若来的动作才会继续。以前，唐笑倩没觉得有什么不妥，现在她不这么想了。她想起在甘肃，郭子仪咬她，捏她，进入她，蛮横霸道，仿佛她是他的殖民地，他有权任意纵横驰骋。而陈若来，对他来说，唐笑倩的身体如同一个圣殿，他只是那个拿着蜡烛的孩童，紧张、小心翼翼，充满神圣感。这是多么可笑的事情。无论是从道德，还是法律上讲，陈若来都比郭子仪享有更多的权益。实际上，郭子仪没有任何权利，他像一个野蛮的掠夺者。唐笑倩陡然有些愧疚，她实在不是个好妻子。这么多年，她单方面认为自己受了委屈，却从来没有站在陈若来的角度想想。她的父亲，陈若来的岳父，她可能放人了父亲对陈若来的作用，她的骄傲人约来自这。摸着陈若来的背，唐笑倩突然想给陈若来生个孩子，即使别的她做不到。至少，她还可以给他生个孩子。她对陈若来说，我想要个孩子。陈若来的回答让她意外。屋顶的水晶灯光洁透明，像一个个巨大的水泡。

怀孕后，唐笑倩想过要不要告诉郭子仪这个消息。怀孕之前，唐笑倩问过郭子仪，我生个孩子怎么样？电话那头的郭子仪沉默了一会儿，他说，我觉得现在不太合适。他的语调低沉严肃，像是在做一个无比重大的决定。唐笑倩笑了笑，他肯定是想偏了。唐笑倩说，我说的是我和陈若来生个孩子。郭子仪说，哦，这样。那你随时可以生的。唐笑倩说，你希望我生个孩子？郭子仪说，怎么说你都是他妻子。唐笑倩有点失望。郭子仪问了句，这么多年没生，怎么突然想到要生个孩子了？唐笑倩说，如果我说因为你，你信吗？郭子仪说，不太理解。唐笑倩说，我不生孩子是因为你，想生个孩子也是因为你，你明白吗？郭子仪没有说话。唐笑倩说，把孩子生下来，我欠下的账算是还清了，你们谁我都不欠。怀孕三个月后，唐笑倩告诉郭子仪她怀孕了。她对郭子仪说，我怀孕了。郭子仪说，恭喜。唐笑倩说，你没有别的话要和我说吗？郭子仪说，恭喜你。唐笑倩说，你只会说这一句吗？挂掉电话，唐笑倩看了看房间，她看到了她的梳妆台，梳妆台的抽屉里装着十五只口红和六瓶香水。那一刻，她想要个男孩。

知道唐笑倩怀孕后，郭子仪的电话打得少了，聊天中调情的成分骤减。郭子仪间或问问唐笑倩的状态，有没有不舒服之类的。唐笑倩说，都挺好，比平时还好。郭子仪说，那就好。有天，郭子仪突然对唐笑倩说，有时候我有一种错觉，觉得你肚子里的孩子是我的。唐笑倩说，你知道不是你的。郭子仪说，我知道，时间不对。唐笑倩说，我给你生个孩子，你要吗？郭子仪说，说不清，我真说不好。你知道吗？我觉得自己很坏，特别坏，经常做梦都会惊醒，以前不会这样。唐笑倩说，有时候我也这么觉得，觉得自己特别不好。郭子仪说，那怎么办？唐笑倩说，顺其自然吧，反正我的后半生是你的。

到了周末，唐笑倩给王素贞打了个电话，问王素贞有没有空。王素贞说，倩姐，有什么事吗？唐笑倩说，也没什么事，这段时间一直待在家里，闲得无聊，想约你一起逛逛。王素贞说，陈董不在家？唐笑倩说，他一个大男人，和他逛街还不如不去呢。王素贞说，这倒是，和男人一起逛街真是无趣得很。唐笑倩说，你出来吧，陪我逛逛。两人见了面，王素贞说，倩姐，你肚子大了，看得出来了。唐笑倩说，这都几个月了，要是看不出来才奇怪了。王素贞说，不过，你身材倒是没怎么变，好像没胖多少。唐笑倩说，我这肉全长在肚子上去了。王素贞挽着唐笑倩的手，怕唐笑倩跌倒似的。唐笑倩买了几条孕妇裙，她说等肚子再大一些，平常的衣服没法穿了。经过内衣店，唐笑倩给王素贞挑了一套内衣，镂空蕾丝的，小小的一块，大概只能遮住乳头。王素贞说，倩姐，这个会不会太性感了？唐笑倩说，年轻不性感，难道要等到像我这个老太婆的年龄才性感啊。唐笑倩凑到王素贞耳朵边上低声说，你们大碗看到这个，怕是要失控了。王素贞脸一红说，倩姐别和我开玩笑了，你才是真性感，又温柔又知性，不知道迷死多少男人，难怪陈董对你死心塌地的。唐笑倩说，你就别取笑我们中老年妇女了，老夫老妻的，早就性冷淡了，不像你们年轻人热情似火。买了孕妇裙，又买了三双平底鞋。唐笑倩平时穿的高跟鞋，怀孕后再穿高跟鞋不合适了，万一摔倒事情就大了。逛了一圈，唐笑倩说，我有点累了，去吃点东西吧。吃完东西，又逛了一会儿，唐笑倩对王素贞说，我走不动了，我们找个地方休息一下吧。王素贞说，好的。唐笑倩说，要不，我们去开个房休息一会儿？王素贞说，倩姐，我送你回去吧？你走太多了也不好。唐笑倩说，这你就不懂了，怀孕了多走走才好，好生产。再说了，好不容易出来一趟，我还想再逛一会儿。王素贞说，我们两个女的去开房，估计服务生得认为我们俩有毛病。唐笑倩说，管他，又不是和他睡。

开好房，进了房间，唐笑倩拿了两个枕头垫在背后，揉了揉腰说，躺下来舒服多了。王素贞说，我还真是佩服你。唐笑倩说，佩服什么？王素贞说，我被你逛街的精神深深震撼。唐笑倩笑了笑，指着购物袋说，你把刚才买的内衣换上看看。王素贞说，现在？唐笑倩说，怕什么，两个女人，你有的我都有，有什么不好意思的。王素贞说，那也是。王素贞脱下衣服，唐笑倩看着王素贞。等王素贞穿上新买的内衣，唐笑倩说，真好看，到底还是年轻。王素贞低头看了看自己的身体说，还是第一次穿这么露的，有点不习惯。唐笑倩朝王素贞招了招手说，阿贞，你躺到我身边来。王素贞犹豫了一下，还是过去了。唐笑倩的眼光从上到下把王素贞扫了一遍说，我要是个男人，我也想要你。王素贞说，哪有那么夸张，像我这么普通的姑娘满大街都是。唐笑倩伸过手搭在王素贞的文胸扣上，王素贞身体一紧，她说，倩姐。唐笑倩说，别动。唐笑倩解开王素贞的文胸，摸了摸她的乳房。真好啊。唐笑倩拿开手说。王素贞突然有种不好的预感，唐笑倩的行为太反常了，她们两个还没有熟到这种地步。

　　果然，过了一会儿，唐笑倩扭过头对王素贞说，阿贞，我有几句话想对你说。王素贞挪了下身体。唐笑倩问，你喜欢陈若来吗？唐笑倩的问题来得太过突然，完全没有给王素贞留下反应时间，王素贞只得硬生生接了句，倩姐，我不知道你说什么。陈董人挺好的，大家都很喜欢他。唐笑倩说，你知道我说的不是这个意思。王素贞说，别的我想不到。唐笑倩说，你我都是女人，不必这样。我记得我告诉过你，我去兰州了，为

了一个男人。王素贞说，你跟我说过。唐笑倩说，我和他睡觉
了。说完，唐笑倩摸了摸王素贞的脸，我知道你和陈若来睡过
觉了。王素贞身上一热，像是被人脱光了衣服，尽管上她身上
还有一条T裤。再装下去，未免显得太过虚伪。她看了看唐笑
倩，唐笑倩说话的语气平静，像是说着一件和她无关的事情，
这让王素贞迷惑。她硬着头皮问，你什么时候知道的？唐笑倩
说，我猜的。唐笑倩说完，王素贞觉得自己是个傻瓜，毕竟还
是太嫩了，经不起几句话的考验，大约还是做贼心虚。唐笑倩
说，阿贞，你不用不好意思。其实，怎么说呢，我很感谢你。
王素贞心里乱得像一锅沸水，她被唐笑倩弄糊涂了。唐笑倩
说，我从兰州回来，在陈若来床上发现了几根头发。那时候我
就想，如果这头发是你的，也挺好。王素贞试探着说，如果我
说是我的呢？唐笑倩说，你头发真好。她搂过王素贞，闻了闻
王素贞头发的味道说，你用的是松木味的洗发水吧，陈若来一
直喜欢这个味道。王素贞说，倩姐，你到底想和我说什么？我
坦白，我和他睡觉了，如果你想惩罚我，我认。唐笑倩说，傻
瓜，我怎么会惩罚你，刚才我说了，我感激你。王素贞说，因
为你和别的男人上床了，所以，你平衡了？唐笑倩笑了起来
说，到底还是小孩子，想问题总是想得那么简单。王素贞说，
你让我害怕。唐笑倩说，别害怕，我不会伤害你。你看，我还
大着肚子呢。

说完，唐笑倩问，我听若来说大碗回深圳了，在干吗？王素贞说，没干吗，他这人不安分。唐笑倩说，男人不一定非得那么安分，年轻的时候没点疯狂的想法，老了更加平庸。王素贞说，如果他能像陈董一样，我就放心了。唐笑倩说，他还年轻，不能这么要求他。对了，你还爱他吗？王素贞说，说不清楚，我不知道这到底算不算爱，想离开他，又舍不得，生怕他出事情。唐笑倩说，那你爱陈若来吗？王素贞说，好像也说不上，我也不知道到底为什么。唐笑倩说，阿贞，我想摸摸你，好吗？王素贞抿着嘴唇。唐笑倩说，我不逼你，如果你不愿意就算了。王素贞慢慢躺下来，闭上了眼睛。唐笑倩挪下身，脱掉了王素贞的衣裤。王素贞的身体赤裸裸地呈现在唐笑倩面前。她的手从王素贞的脸滑到脖子，然后是全身上下。王素贞的身体微微发抖。唐笑倩问，你冷吗？王素贞摇了摇头。唐笑倩俯下身，贴在王素贞身上，伸出舌头轻柔地舔了舔问，若来是这样吗？王素贞说，不是。唐笑倩用力咬了咬问，是这样吗？王素贞说，嗯。唐笑倩抱着王素贞，是这样吗？王素贞说，不是。唐笑倩加大力度问，是这样吗？王素贞点了点头。唐笑倩抚摸完王素贞的身体，再次感慨道，真好啊。王素贞问，怎么好了？唐笑倩说，他对你和对我不一样。王素贞明白了。唐笑倩问，你觉得陈若来爱你吗？王素贞说，说不上吧。唐笑倩问，为什么？王素贞说，他对你那么温柔，对我那么粗鲁,可能觉得我不过是个发泄物。唐笑倩说,我觉得他没那么爱我。王素贞问,为什么?唐笑倩说,他对我像对一个礼物,没有男人对女人的那种欲望。男人如果真爱一个女人,怎么可能永远那么小心?王素贞说,我们换一下就好了。唐笑倩说,换一下也不会好,我们的位置决定了我们的判断会不一样。王素贞抱住唐笑倩说,倩姐,是不是女人也挺傻的?唐笑倩说,傻不分男女。王素贞说,倩姐,有个问题我想不明白,想问问你。唐笑倩说,你说。王素贞说,你知道我和陈董的关系,却不生气,是不是因为你不爱陈董?唐笑倩说,不是因为不爱他,而是因为我爱别人。王素贞说,如果以后我还和陈董睡觉,你会怎样?唐笑倩说,很好啊,他从我这里得不到的,从你那里得到,像你说的一样,也是一种平衡。王素贞说,你不知道还好,知道之后,感觉特别不好。唐笑倩说,你想多了。说完,对王素贞说,阿贞,我想你帮我一个忙。王素贞说,我能帮你什么忙?唐笑倩说,除了你,没人帮得了我。帮完我这个忙,你想要赵大碗,你跟赵大碗。你想要陈若来,我把陈若来给你。王素贞说,我是个坏女人。唐笑倩说,我们一样。其实,你比我好,我才是那个真正的坏女人。

赵大碗租了个小办公室,面积大概只有五十个平方米,摆了四张办公桌,几台电脑,打印机,复印机,传真机什么的。做这些事情之前,赵大碗没和王素贞商量,等办公室搞好了,赵大碗告诉王素贞他租了个办公室，准备把公司搞起来。王素贞不信，她不相信赵大碗真的准备开始干了。赵大碗说，我知道你不信，我带你去看。两人坐车去了办公室楼下，那是一幢不到二十层的小高层，在周围林立的高楼中显得破旧，矮小。进门的楼道上密密麻麻的一排信箱，光线昏暗，旁边的墙上挂满了各种公司牌名。进了电梯，电梯内部空间狭窄，两边挂着广告框，梯身贴满清理下水道的小广告。上升的过程略带摇晃，王素贞的心悬着，她害怕电梯突然断了，啪的一声砸到负一层。

电梯在八楼停下，赵大碗拍了拍手，楼道灯亮了。赵大碗对王素贞说，采光不太好，先凑合着用着，等公司发展好了，再换地方。王素贞说，说得像真的似的。走到门边，赵大碗掏出钥匙开门，按亮灯。王素贞看到了一间小小的办公室，收拾得还算整洁。把门关上，办公室和这栋楼割裂开来，它看起来像一间办公室了，没有大楼破败的样子。王素贞说，大碗，我觉得像假。赵大碗说，要是假的，我能有钥匙开门？王素贞说，办公室是真的，这件事情像是假的。王素贞找了张桌子坐下说，你现在有几个人？赵大碗说，暂时就我一个，近期准备招两个人，先把事情做起来。王素贞坐在椅子上，直勾勾地望着赵大碗。赵大碗说，你别用这种眼神看我，搞得我像是做贼似的，王素贞严肃地说，大碗，我问你，你从哪里弄来的钱？

赵大碗说,借的。王素贞问,你从哪里借的?我知道你手上没钱。在深圳你没钱,从北京回来你还是没钱,你这钱从哪儿来的?赵大碗说,找朋友借的。王素贞说,你哪个朋友有钱借给你?我没听说你有什么朋友。赵大碗说,这个你就不管了,我有我的办法。王素贞说,大碗,不是我不相信你。钱的事情你不要乱来,千万不要去借高利贷,还不起的。深圳好多人借高利贷,跳楼的不少。赵大碗说,我没借高利贷。王素贞说,你开公司,租办公室,这么大的事情,你怎么不和我说一声?赵大碗说,我想给你一个惊喜。王素贞说,你现在给我的不是惊喜,是惊恐,我怕出事情。赵大碗走过去抱住王素贞说,别怕,不会出事的,我保证。王素贞说,我放不下这个心,我宁愿你做点靠谱的事情。赵大碗松开王素贞说,怎么不靠谱了,你是不是不相信我?王素贞说,你一分钱没有,突然来这么一手,你让我怎么相信!赵大碗点了根烟说,王素贞,我知道你看不起我,觉得我做什么都不行。王素贞把头扭过去说,你要这么想,我也没办法。赵大碗说,那就不说了。两个人从办公室出来,一声不发。在电梯里,王素贞长叹了一口气说,我这也是瞎操心。赵大碗说,本来是个高兴的事情,你硬是搞得不高兴了。说完,从口袋里掏出两张电影票说,我还买了晚上的电影票,准备看完办公室一起去吃饭,吃完看电影的。王素贞看了看赵大碗手上的电影票,靠近赵大碗,挽住赵大碗的手说，好了，吃完饭去看电影，刚才是我不对，不该惹你不高兴。

见到陈若来，王素贞把赵大碗租办公室的事情讲了。王素贞说，这个人真是不靠谱，想到一出是一出。陈若来笑了起来说，也不见得不靠谱，年轻人有冲劲是好事情。王素贞说，他这哪里是冲劲，这是乱来好不好！陈若来说，你不让他试一次，他怎么会甘心。王素贞说，他想去北京，让他去了。你看，这不空着手回来了？现在搞这个，我心里七上八下的，总担心出事情。陈若来说，能出什么事情？王素贞说，他没钱，我不知道他开公司的钱从哪里来的，怕他借高利贷，问他他说是向朋友借的。陈若来说，凡事多往好的方面想，说不定这钱他真是向朋友借的。王素贞说，他哪里有什么有钱的朋友，认识的那些人一个比一个穷。陈若来说，你要是不放心，我借给你，你让他把别人的钱还了。王素贞说，算了，各有各命，我也管不了那么多。

听说赵大碗开了公司，赵梅花来了。赵梅花打电话给赵大碗，大碗，你周末有空没？赵大碗说，暂时没什么安排，怎么了？赵梅花说，我来看看你，好长时间没看你了。星期六晚上，赵梅花来了，提了一袋苹果。赵梅花把苹果放在桌子上，对赵大碗说，大碗，我记得你小时候最爱吃苹果了。赵大碗说，小时候没水果吃，哪个都喜欢。赵梅花要去厨房帮忙，王素贞说，姐，你坐会儿，很快好了。饭菜搬上桌，吃过饭，赵梅花把碗筷收拾洗了。看了会儿电视，王素贞说，我去洗澡了。等王素贞进了卫生间，赵梅花絮絮叨叨地讲工厂里的事情，说流水线上太累了，她年纪大了，和年轻人比不得，受不住了。又说和老公分开住，两个人有时候一个礼拜见不了一次面，也不晓得老公在外面有没有女人。现在厂里的小姑娘，不要脸的很，吃个炒粉能跟男人上床，一点廉耻都没有。赵大碗时不时跟着附和两声，赵梅花的话他不爱听，让人烦躁。赵梅花说，大碗，你读书的钱，姐也有份给的。要不是几个姐姐出钱，你哪里能读书。不读书，你哪有今天。赵大碗不耐烦地说，我晓得我读书你们出了钱，我赚了钱还你们。赵梅花说，你这是说哪里话，我供你读书，哪时候说要你还钱了。赵大碗说，你晓得我现在也困难。赵梅花说，你不是开公司了吗？赵大碗说，那是借的钱。赵梅花说，那你看，能不能让姐去你公司上班？工资你看着给。赵大碗哭笑不得，他说，姐，我公司的事情你做不了。赵梅花说，我不会做你教我，我能学。赵大碗说，这个东西不好教。赵梅花说，那你是不肯了？赵大碗说，不是我不肯，是你真做不了。赵大碗说完，赵梅花的眼泪出来了，她擦了擦眼泪说，大碗，姐从来没求你什么，姐在工厂里太苦了，姐受不了。赵大碗说，受不了你换个工作，找个轻松点的。赵梅花说，你让我到哪里找？我弟弟的公司都不要我。赵大碗不说话了。王素贞从卫生间出来，见赵梅花擦眼泪，赵大碗闷着头抽烟，王素贞问，姐，你怎么了？赵梅花没应声。王素贞又问赵大碗，大碗，姐怎么了？赵大碗说，你去睡觉，没你的事。又坐了一会儿，赵梅花说，我走了，反正也没那个心疼我。等赵梅花走了，王素贞问，大碗，姐怎么了？赵大碗把事情讲了。王素贞说，其实，我觉得也不是不可以。赵大碗说，你怎么想的？我姐在我哪儿能干什么？王素贞说，我知道她干不了什么，你让她做做卫生，打字复印，煮饭跑腿也能顶半个人。赵大碗说，公司刚刚开始，养不起闲人。王素贞说，也不多这一个，再说她能要多少工资？毕竟是你姐。

公司开起来，问题接踵而至，比赵大碗想象的还要多。在赵大碗的职业生涯中，他做过几份文质彬彬的工作，那些工作按部就班，有着天然的运转秩序，你不用也不必费心地去改变什么，只要依照惯性运行下去，一般不会偏离安全的轨迹太远。更要命的是老板和做员工完全是两码事，员工只是一个零件，不需要多大的创造力，能把老板的意思执行好已经不错了；老板则是大脑，他是一间公司的思维系统，所有的信息必须经过他的过滤才能输出。没错，员工也可以给老板提供信息，但决策的权力依然在老板手上，他必须对他的决策负责任。老板的重要性，在新公司体现得尤其突出，他要一手一脚搭起公司的框架。公司的组织结构，发展方向，操作策略，实现路径只要其中一个方面出了问题，等待这家公司的只有一个结局，死掉。对江湖老手来说，组建一个新公司都是巨大的挑战。像赵大碗这种新人，难度可想而知。赵大碗招了两个人，都是二十出头的年轻人，刚刚大学毕业，除了大四短暂的实习，他们几乎没有实践经验。两个人，对赵大碗来说够了，即使能招更多的人，他也不想招了，他还没有学会如何安排工作。开公司之前，赵大碗以为他想得很清楚，他甚至画好了线路图。一旦落实到操作上，他发现他所谓的计划还是停留在纸上谈兵的阶段。也许陈若来说得对，他缺乏实际操作能力。

员工招进来那天，赵大碗和他们谈了次话，主要阐述公司的发展思路、愿景目标等。赵大碗说，虽然公司才刚刚成立，暂时只有我们三个人，但我相信前途是光明的，尽管道路可能是曲折的。时势造英雄，我们不过是在顺应时势罢了。等赵大碗讲完，两位员工面面相觑，他们似乎听不懂赵大碗在讲什么。赵大碗问，你们知道食指吗？两位员工摇了摇头。赵大碗说，食指是个伟大的诗人，他写了《相信未来》，我们也要坚定地相信未来。赵大碗把《相信未来》朗诵了一遍，他说，多好的诗。其中一个看了看赵大碗问，老板，我们到底要干吗？赵大碗想了想说，打通广告投放渠道。又问，那怎么打通呢？赵大碗激情澎湃地讲了十分钟。员工像是明白了，问，是不是要去拉广告的意思？赵大碗有点沮丧，讲了半天，还是拉广告。但是，事实似乎正是如此。赵大碗说，是的，先要联系广告客户。员工说，你这么说我就明白了，刚才说得太复杂了。说完，补充了句，老板，我没拉过广告，不知道该怎么拉。赵大碗挠了挠头皮说，我们一起想办法。

为了拉业务，赵大碗和以前的朋友重新建立了联系，他的名片保持三天派一盒的速度，越来越忙。白天，他满深圳跑，大街小巷，办公楼厂房，挤地铁坐公交，浑身臭汗淋漓。等员工下班了，回到公司，泡上一杯茶，他才感觉赵大碗重新回到了身上，白天的不过是个移动的躯壳，是没有灵魂的。他每天和不同的人说着相同的废话，大公司小公司，漫长的等待，简短的谈话，礼貌的送客，程序大同小异。跑市场的过程让赵大碗更清晰地看清楚了形势。对小公司而言，赵大碗这套完全不适用，他们不需要那么大的发布平台。对他们来说，广告无非是找两个笔杆子写些漂亮的文字，再找个摄影师拍些照片，最后找个过得去的广告公司设计印刷。要做的不过是海报、画册这些小玩意儿。这种业务赵大碗没什么兴趣，辛苦半天赚不了几个散碎银子，还得养一大帮人。大公司对赵大碗没什么兴趣，偶尔碰到一两个有兴趣的，谈到最后，往往会说，赵总，不是我怀疑你们公司的能力，不过今年的广告已经安排出去了，以后有机会再合作。还是不相信的意思。每天在外面，已经够烦躁了。回到家，他满身疲惫，王素贞的脸色不太好看。自从公司开张后，王素贞的脸色阴晴不定，他不想看到王素贞那张脸，似乎他做的是桩丧尽天良的生意，他宁愿待在办公室里。王素贞给他打电话，他说，还在忙。要不说，我在应酬，晚点回家，你先睡，不用等我。他的酒喝得多了起来，客户应酬很少，几乎没有。他一个人在公司楼下的大排档里喝，一瓶又一瓶，喝得悲从中来。回到家，王素贞多半睡了。要是醒了，难免絮絮叨叨地说，怎么又喝这么多，没见做成什么生意，酒倒是越喝越多了。赵大碗买了张沙发床放在客厅，回来晚了，他睡客厅。王素贞问，你这是干吗？赵大碗说，我回家晚，怕吵到你。王素贞望着沙发床说，你喜欢吧。两个人能说的话越来越少，赵大碗想，总有一天，他们不用说话了。这一天，可能不用太久。

如果没有记错的话，那天是星期天，赵大碗很晚才起床。等他起床，刷完牙洗完脸，坐在餐桌前，他注意到阳光很好，洗过的衣服挂在阳台上。他想起了金斯堡的《祈祷》，"钥匙在窗台上/钥匙在窗前的阳光里/艾伦，结婚吧，不要再吸毒了/钥匙就在那阳光里"。赵大碗想，他大概也需要一把钥匙，这把钥匙隐藏在阳光里，他要找到它。至于毒品，这是一个象征，他可能也是一个中毒的人。赵大碗望向阳台，阳台上种满了绿色的植物，其中一棵芦荟是他们刚到深圳的时候买的，如今长得高大茁壮，叶片肥厚，青翠欲滴。还种了两棵桂花，一棵柠檬，一棵夜来香，都是王素贞种的。她说，阳台上种些植物，才会有家的感觉。赵大碗喝了杯牛奶，吃了块面包。王素贞穿着睡衣躺在床上翻书，她翻得很快，也许根本没有看。等赵大碗吃完早餐，王素贞合上书，坐到赵大碗身边说，大碗，我们聊几句。赵大碗拿着电视遥控器说，如果是公司的事，那就不聊了，我不想说。几个月来，赵大碗和王素贞只要谈公司的事，都会不欢而散。今天的天气不错，赵大碗不想让自己不愉快。他想，吃完早餐，要是没别的事情，和王素贞一起去公园走走，一起吃个饭，那会是一个美好的星期天。

　　一周七天，他有六天是不愉快的，工作的事情让他焦头烂额。王素贞从赵大碗手上拿走遥控器说，再不和你说，我会憋死的。赵大碗说，今天天气不错，我们去公园散散步吧，很久没有一起散步了。王素贞说，先谈完事情再说。赵大碗无可奈何地说，那你说吧。他靠在沙发上，摊开四肢。王素贞说，大碗，我们在一起几年了？赵大碗想了想说，快五年了。王素贞说，这五年我有没有强迫过你，有没有逼你做什么事情？赵大碗想了想说，没有，你对我挺好，也谢谢你这么宽容我。王素贞说，大碗，如果我强迫你一次，你会不会不高兴？赵大碗说，那要看什么事情。王素贞说，大碗，你爱我吗？赵大碗说，爱。王素贞说，大碗，你要是真爱我，把公司关了。趁现在才刚刚开始，把公司关了。虽然我不知道你的钱是从哪里来的，但我有种感觉，迟早会赔光，我们现在还做不了这个事情。赵大碗不耐烦地说，不是说了不谈公司的事情吗？王素贞说，不谈这个，那我们还谈什么？赵大碗说，除了这个，什么都能谈。王素贞说，大碗，算是我求你，你听我这一次。把公司关了，要是你不喜欢深圳，我们去杭州。在杭州我爸妈还有些资源，我们可以重新开始。赵大碗说，怎么又扯到杭州了。王素贞靠到赵大碗怀里说，大碗，我害怕。

赵大碗伸手抱住王素贞，他看着怀里的王素贞，好像不是他认识的那个了，他抱住她，完全是出于惯性或者礼貌。这样的时刻，不伸手抱抱她，拍拍她的肩膀，似乎是不对的。赵大碗说，没事的，哪个公司都不可能一帆风顺，你给我点时间。如果真做不好，我认了。王素贞说，大碗，相信我，听我一次，把公司关了，我们去杭州。赵大碗没吭声。王素贞说，大碗，我给过你一年时间了，我不能再给你了，我给不起。赵大碗松开抱着王素贞的手说，如果我不肯呢？王素贞的眼泪流了下来。赵大碗给王素贞拿了张纸巾，王素贞擦了擦眼泪说，那我们算是走到头了。赵大碗说，你这是要分手的意思？王素贞笑了笑说，大碗，是你逼我的。我是个小女人，没那么大理想，我只想安安稳稳过日子，有个男人，有个孩子，吃穿不愁就够了。赵大碗说，我能养活你。王素贞说，如果你听我的，我们去杭州，一切还来得及。赵大碗说，我不想，这才刚刚开始，你怎么知道我一定会输。王素贞说，你一定会输的，其实你也知道，只是不死心。赵大碗说，我不信。王素贞说，大碗，你不知道你会失去什么，你迟早会知道的。说完，王素贞擦干眼泪说，我去换套衣服，一会儿去公园散步，在一起五年，好来好散。

他们上午去了公园，午餐吃的寿司。下午看了两场电影，晚餐吃的西餐，王素贞点了她喜欢的果木牛扒。吃完饭回到家，洗完澡早早上床了。他们做了一次爱，王素贞比平时更为主动。赵大碗问，一定要这样？王素贞说，除非你答应我，把公司关了，我们去杭州。赵大碗说，为什么？王素贞说，大碗，你要相信我，在一起五年，我不会害你。我要是不爱你，我不会等你到今天。赵大碗说，我不甘心，我想试试。王素贞的眼泪大颗大颗地滴到赵大碗胸前，她说，你不懂，你不懂。赵大碗说，过几天我会找个地方搬出去。王素贞说，你到底还是要离开我了。

搬出来那天，天气一如既往的好，好得不像有坏事会发生。临出门前，赵大碗对王素贞说，是我对不起你。王素贞眼睛一红，不怪你，怪我自己。赵大碗说，保重。王素贞关上门。走到楼下，赵大碗回头望了望阳台，除了芦荟、桂花、夜来香，还有一棵柠檬，他没有看到别的东西。赵大碗想起了他到深圳的第一晚，他们睡在半空中，俯瞰这个城市。那个夜晚灯火辉煌，和深圳的每个夜晚一样。

这是一个阳光明媚的晴天，他相信会有好事发生。

10

唐笑倩肚子空了，腹部往回缩了一些，她摸着腹部的赘肉，柔软而松弛，像是摸着一团发酵的面粉。那个在她体内待了四十周的小生命离开了她，同时也改变了她的身分，她不再是一个孤立的女人，她获得了母亲的称号，并且永远不会丧失。生产过程中，唐笑倩脑子清醒，她听到医疗器械"叮叮当当"的响声，身体却软得像一摊烂泥，不受控制。手术刀如何划开她的肚皮，划开她的子宫，然后缝合，她不知道，做梦一般。整个过程不到二十分钟，对唐笑倩来说，这大概是她生命中最长的二十分钟。她似乎听到钟摆的声音，滴答，滴答，一声又一声，狠狠地敲打着她。她闭上眼睛，眼前一片黑暗。穿过黑暗后，她见到了光亮，伴随着光亮而来的，还有婴儿的哭声。护士把孩子抱到她跟前，给她看了一眼说，是个男孩。他小小的脸上还带着血污，头发紧紧地贴在头皮上。

护士把唐笑倩推出手术室，儿子包裹着放在她的两腿中间。陈若来见唐笑倩出来，快步迎了过去，扶着病床栏。唐笑倩勉强笑了一下说，是个男孩。护士一边推车一边说，麻烦家属让一下，我们要送产妇送回病房。他们住的是高级VIP产房，单独的套间，里面摆着两张床，外面还有一个小小的会客厅。客厅的桌子上摆着一只花瓶，里面插着紫色的康乃馨。唐笑倩在床上躺了一会儿，慢慢缓过神来。她看了看儿子，他的脑袋那么小，比陈若来的拳头大不了多少。这个小生命来到了世上，他还不知道有怎样的命运在等待着他。这个世界也许并不美好，希望他的人生美好，能够过着随心所欲的生活，至少不要那么糟糕。陈若来坐在床边看着唐笑倩，挂在床头的药液一滴滴地滴进唐笑倩的身体，产后麻醉剂时不时"咔哒"一声。陈若来说，辛苦你了。唐笑倩说，还好，没有想象的那么害怕。她的腹部切开了一道十来厘米的口子，麻药的劲儿还没过去，唐笑倩的下半身好像不是她自己的，完全不听使唤。在医院住了五天，唐笑倩对陈若来说，我想回去，不喜欢这里的味道。陈若来问，我和医生讲过了，让多住几天，对你恢复好一些。唐笑倩说，没事的，和我一起生产的都出院了，没那么娇气。手术后第三天，唐笑倩下床在房间里散步，小步小步地挪动，腹部还是沉甸甸的，隐隐作痛。陈若来买了玫瑰回来，大朵大朵的，像是凝固的血团。回到家，换上自己的睡衣，唐笑倩舒服多了，自己的命又是自己的了。在医院的前两天，她的下体排出一团团黏稠的暗红色的液体，导尿管插进她的尿道，黄浊的尿液顺着管子流进尿袋。她废人一样躺在床上，身体粗暴地暴露在别人面前，那原本是女人最隐蔽、最神圣的地方。唐笑倩有种强烈的羞耻感，而且脏，这让她对自己充满厌恶。

出院前，陈若来给唐笑倩请好了月嫂。除了喂奶，儿子的事情基本不让唐笑倩操心。晚上睡觉，由月嫂带着，儿子饿了，月嫂过来敲门，把孩子送到唐笑倩怀里。儿子吃饱了，月嫂再抱过去。时间过得很快，儿子满月了。三个月了。马上半岁了。唐笑倩的身体大致恢复到了产前的状态。几个月过去，她腹部的赘肉消失殆尽，用手一按，皮肤下紧实的腹肌有力地顶着手指。喂了儿子四个月，唐笑倩断了奶，给儿子吃奶粉。陈若来想让唐笑倩多喂几个月，他说，孩子吃母乳要好一些。唐笑倩说，母乳前四个月，后面其实也没多少营养，和奶粉差不多吧。她说这话时，心里有点虚。陈若来没勉强唐笑倩，他说，那给他吃奶粉吧。抱着儿子，唐笑倩看不出到底像谁，那眉眼,那鼻子嘴巴,小小的。小孩子长得都差不多,那算是像陈若来好了。儿子满半岁那天,唐笑倩对陈若来说,晚上我们出去吃饭吧,有半年没有出门了。陈若来说,满月之后我说出门逛逛没关系的,你不肯,非要待在家里。唐笑倩说,我不想动,想陪着儿子。以后想天天陪着他,怕也不可能了。陈若来说,瞎说,你是他妈,要陪一辈子的。出门前,唐笑倩洗了个澡,又洗了头发。她换上了怀孕之前的衣服,还好,都能穿进去。怀孕期间,她体重峰值比平时重了十八斤,和周围的人比,增加得不多。儿子出生时体重六斤三两,不算重,也不算轻,中等。等唐笑倩收拾完出来,陈若来的眼睛亮了。他说,你恢复得真好,要是不说,没人相信你刚刚生了孩子。唐笑倩说,有没有那么夸张。她双手托住乳房说,喂完奶,乳房小了不少,这小兔崽子。

在餐厅坐下,陈若来问,你想吃点什么?唐笑倩拿过餐牌看了看说,随便,你点吧,没什么特别想吃的。陈若来拿起餐牌说,那我点了。唐笑倩说,我想喝点酒,有一年多没喝酒了吧?陈若来皱了下眉说,你现在喝酒好吗?唐笑倩说,没事的,反正不用喂奶。再说了,晚上也不用我带,影响不到儿子。陈若来要了瓶红酒。唐笑倩往四周看了看说,好久没来了,这里还是老样子。餐厅不大,侧边的墙面做成一面硕大的书墙,密密麻麻放满了书,多半是文学的,还有些设计类和经管类的。桌子椅子用的结实的老榆木，桌子边磨得光滑平坦，没有任何花纹和雕饰，干净简洁。就连分区用的也是书架，让人感觉像是在图书馆。唐笑倩以前经常到这里喝下午茶、晚餐，一坐一个下午。阳光透过遮光顶棚，一本书，一杯茶，那是多好的日子。吃到一半，唐笑倩对陈若来说，若来，说说话吧。陈若来说，你说，我听着呢。唐笑倩放下酒杯，理了理垂到嘴角的头发说，若来，你不觉得我们两人有问题吗？陈若来说，没有，挺好的，有了儿子更好了。唐笑倩说，我不这么认为，我觉得我们有问题。陈若来拿着刀叉的手顿了一下，他说，有什么问题？唐笑倩盯着陈若来的脸，缓缓吐出几个字，我们离婚吧。唐笑倩说完，陈若来放下刀叉问，为什么？唐笑倩说，这对我们都好。陈若来脸色沉下来，压低声音问，为什么，你这是为什么？唐笑倩说，好多事情我都知道了。陈若来用手指敲着桌面说，有什么事情不能好好说，非要离婚的？唐笑倩说，前些天我收到了一沓照片，你想看吗？唐笑倩从沙发边上拿起手包，从包里拿出一个信封，放在桌上。陈若来犹豫了一下，伸手拿过信封，抽出照片，看到第一张，陈若来的脸白了。他把照片塞回信封说，你这是什么意思？唐笑倩说，没什么意思，我们缘分尽了。陈若来说，这都是借口，是不是因为郭子仪？唐笑倩说，你终于说到郭子仪了。如果我告诉你不是呢？陈若来说，那我想不出还有什么理由非要离婚。唐笑倩说，我刚才说过了，我们的缘分尽了。从我父亲死的那天开始，我们的缘分就尽了，分开对你我都好。陈若来说，那你为什么还要生孩子？唐笑倩说，那是我欠你的。陈若来嘴里吐出两个字，荒唐。回到家，陈若来晃了晃信封对唐笑倩说，其实，这只是个借口是不是？唐笑倩说，你要这么认为，也可以。陈若来回到房间，抽出照片，看着照片，他有一种眩晕感，像是被骗了。

第二天一早，陈若来去了办公室。他靠在椅子上，脑子里一团乱麻。陆陆续续有人到了公司，拖动椅子的声音，拉抽屉的声音一阵响动。坐了一会儿，理了理头绪，陈若来给王素贞打了个电话，对王素贞说，阿贞，你到我办公室来一下。王素贞进了办公室，正要去泡茶，陈若来说，别泡了，你先坐下。陈若来关上门，死死盯着王素贞，一言不发。王素贞被陈若来盯得不自在，她说，陈董，你怎么了？看着不太对劲。她看了看她身上，没什么特别的东西。陈若来拉开办公桌抽屉，拿出一个信封递给王素贞说，你看看。王素贞接过来，抽出照片那一瞬间，她的脸白了。她满脸惊恐地看着陈若来。陈若来指着照片问，怎么回事？王素贞结结巴巴地说，我不知道，怎么可能？陈若来说，什么叫怎么可能？清清楚楚的在这里。王素贞说，陈董，我搞不清楚，我真的不知道。陈若来咬牙切齿地说，唐笑倩有没有和你说什么？王素贞想起唐笑倩在酒店和她说的话，一个念头在她脑子里一晃而过。她说，没有。陈若来说，你平时和她接触的时候，有没有发现什么异常？王素贞说，没有，老样子，逛逛街，买点东西。陈若来问，那她知道我们的关系吗？王素贞说，你问我我问谁？我怎么知道她知不知道。陈若来说，她要和我离婚。陈若来说完，王素贞抬起头，望着陈若来说，听你的意思像是怀疑我在搞鬼？陈若来说，如果是你，你怎么想？王素贞突然笑了起来，陈董，我和你在一起这么长时间，问你要过什么没有？对你提过什么要求没有？陈若来说，你越是这样，越让我紧张。王素贞说，你是不是不想离婚？陈若来说，以前没有想过，现在可能不得不想了。唐笑倩的脾气我知道，她决定了的事情，很难改。王素贞说，那怎么办，要我和倩姐解释下吗？陈若来摆了摆手说，算了，你就别添乱了，越描越黑。从陈若来办公室出来，走到自己办公桌前坐下，王素贞用力握了握拳头，脚尖一下一下地踢着地板。

大半年，王素贞一个人住。赵大碗搬走后，她重新收拾了房间，把赵大碗留下的东西扔了。房间里再也看不到赵大碗的痕迹，完全是女孩子房间的模样。她和赵大碗的联系还有，很少，少到和赵大碗在北京时一样。赵大碗时不时给王素贞打个电话，说点无关紧要的事情。偶尔，也到王素贞那里过夜。王素贞以为赵大碗很快会找个女朋友。让她意外的是，赵大碗没有，他似乎把所有的精力都投入到公司里去了。王素贞不再过问赵大碗公司的事情，他们的相处反而比在一起时好了些。赵大碗要过来，他对王素贞说，我晚上想到你那儿去。王素贞有时答应，有时不肯。如果赵大碗喝多了，说话没头没脑，王素贞绝不会让他过来，她不喜欢赵大碗身上的酒味，也不喜欢喝醉酒的男人，马拉松一样没完没了地做爱。她让赵大碗过来过夜，和爱情无关，她是个正常人，有正常人该有的欲望。与其到外面随便找个人，不如和赵大碗。无论怎么讲，她和赵大碗熟悉，还有几年的交情，不至于尴尬，也更知道对方的需要。有次做完，赵大碗说，我真是个傻瓜啊，都不知道我在干什么。赵大碗说完，王素贞心里一阵酸痛。这样的话，她也想对赵大碗说。除了赵大碗，陈若来偶尔会到她房间，次数很少，他们多数在外面开房。和陈若来做爱，王素贞更享受一些，她只要躺下来，别的陈若来会做，他的经验和耐心足以让王素贞获得高潮。他们一个月三到四次，新鲜感和热情持续不衰。唐笑倩怀孕后，王素贞和陈若来开玩笑，她说，是不是觉得有个姑娘也不错，老婆怀孕了，还有别的姑娘。陈若来不高兴，说，你怎么说得这么难听。王素贞说，本来就是，你也不用那么虚伪，说你不喜欢。

办完离婚手续，拿着离婚证，陈若来对唐笑倩说，这么多年，一张纸就交代了，想起来也是荒谬。唐笑倩说，说不好是重新开始，这些年委屈你了。现在好了，你想怎么过怎么过，不用考虑我。陈若来感慨地说，别人都说好合好散，我们这既不是好合，也不是好散，强扭的瓜到底还是不甜。唐笑倩说，其实也不是太糟糕，起码我们没和别的夫妻一样撕破脸，闹得难看。两人离婚，没争没吵，心平气和得不像离婚。陈若来给唐笑倩留了一大笔钱，还给了唐笑倩公司一半的股份。唐笑倩不要，她说，够了。陈若来说，拿着吧，只要公司运营正常，你也有个保障，我也对得起唐老师了。唐笑倩说，若来，我对不起你，如果有下辈子，我下辈子还你，这辈子先欠着。陈若来说，夫妻一场，不说这个。唐笑倩从别墅里搬了出来，找了套公寓，不大，六七十个平方米，一个人住是足够了。陈若来对唐笑倩说，你不用搬走，我们一直分开睡，我不会把你怎样。唐笑倩说，我知道你不会，想着不合适，毕竟离婚了，还住在这儿对你不好。陈若来问，你会离开深圳吗？唐笑倩说，说不清，以后的事情以后再说。临出门，唐笑倩问了句，郭子仪的事情你是不是早就知道了？陈若来避开唐笑倩的眼光说，我送你。唐笑倩说，若来，你是个好人，好人心里苦。想了想，唐笑倩又说了句，其实王素贞挺不错的，小姑娘单纯，心里也干净，只是还有点不懂事，等再大些就好了。陈若来说，不说这个，我送你。唐笑倩说，不用了，我叫了车。陈若来说，那也好，有空常回来看看，儿子是你亲生的，你是他妈，这个关系一辈子撇不清。说到儿子，唐笑倩心里一软，她转过身说，有事情你打我电话，我电话不会换。上了车，越走越远，唐笑倩的眼泪"哗哗"流了下来，她想起了儿子。他会笑了，一见到她，手脚兴奋地乱舞。儿子的脸带着奶香，光滑细腻，她喜欢一遍又一遍地亲他，亲得他满脸的口水。他的小手小脚白乎乎肥嘟嘟，如同一节节莲藕。唐笑倩出门前，儿子还在睡觉，他的眼睛闭着，双手举起来，扁着小嘴，像是想哭，也许他在做梦。唐笑倩心里一阵一阵地疼，比生产时的那一刀疼得更加厉害，而且无药可治。

陈若来离婚后，王素贞再见到陈若来躲躲闪闪。公司里一直有他们两人的传言，以前，王素贞不在意。对她来说，这不算什么传言，而是事实。既然是事实，那有什么好在意的。离婚后一段时间，陈若来情绪不好，王素贞想陪陪他，陈若来不让，他说想一个人安静一会儿。等陈若来缓过来，想找王素贞，王素贞不想了，她躲着陈若来。都在一个公司，王素贞还是陈若来的助理，有些事情无论如何躲不过去的。给陈若来送文件，能找别人她尽管让别人去。实在不合适让别人送，王素贞快去快回，尽量少待在陈若来办公室。陈若来发现了，他对王素贞说，阿贞，你好像在躲着我。王素贞不自在地说，哪里有，还不是和以前一样。陈若来说，明显不一样了。王素贞说，哪里不一样了？陈若来说，以前你看我像看着兔子，现在呢，像是见到了老虎。王素贞说，你这比喻倒是蛮新奇。陈若来说，你知道我离婚了。王素贞说，知道。陈若来说，以前我们在一起，反倒比现在自如，这是怎么了？王素贞说，我也不知道为什么。陈若来说，你是不是觉得愧疚？王素贞说，说不清，不知道是愧疚还是害怕。陈若来说，要愧疚那也是我，和你没什么关系。至于害怕，最坏的结果已经发生了，不可能再坏了。王素贞说，我总觉得心里不安。陈若来说，好了，事情已经这样了，我们就别把它搞得更坏了。那段时间，陈若来和王素贞过过几次夜，奇怪的是他们再也做不好了。

等王素贞把辞职报告放到陈若来案头时，陈若来生气了。他指着辞职报告对王素贞吼道，你这是什么意思？王素贞说，我想辞职。陈若来说，以前没见你要辞职，现在你倒要辞职了，你到底想干吗？王素贞说，陈董，我不想干吗，实在是待不下去了。说完，两行眼泪流了下来。见王素贞掉泪，陈若来心软了，他的声音低了下来说，何必呢？王素贞把报告往前递了递说，你批不批我都要走的。陈若来说，要不这样，你先休息一段时间，只要你在深圳，去哪里工作都行。王素贞说，好的。陈若来突然拉住王素贞的手说，阿贞，我爱你，要是你也走了，我真的什么都没有了。这三个字，以前陈若来从没说过，这会儿说出来，让人发酸。王素贞擦了擦眼泪说，你还有儿子。陈若来说，那不一样。从陈若来小公室出来，王素贞长长地吸了一口气，努力让心情平复下来。她穿着高跟鞋，贴身的职业套装，她想她的样子应该优雅干练。她昂首挺胸地穿过办公室，任由同事们惊诧的眼光落在她身上，终于解脱了。

辞职后，王素贞暂时不想去找工作。她买了去兰州的机票。在外面游荡了半个月，王素贞回了深圳。她打了个电话给唐笑倩，她说，倩姐，我去了甘南。唐笑倩说，哦，怎么想到去甘南？王素贞说，你给我讲过甘南，我想去看看，没什么特别的原因。唐笑倩说，感觉怎样？王素贞说，我去了拉卜楞寺，看到了秃鹫和穿着僧裙的喇嘛。唐笑倩说，我没想到你会去甘南。王素贞说，不过，我没有磕头，我不相信磕头能洗清过往。唐笑倩说，一起吃个饭吧。王素贞说，不了，以后我们最好不要见面了。还在甘肃时，陈若来给她打过几次电话，约她一起吃饭。王素贞说，我在外地。陈若来说，你什么时候回来？王素贞说，不一定。陈若来说，你一定要回来，你不回来，我怎么办？他说话的声调，有点可怜，像个没人要的孩子。从甘肃回来，阳台上的桂花开了，香味浓郁，带着清淡的甜味。那么小的花，那么浓的香味，自然的奇迹。放下行李，王素贞给赵大碗打了个电话，大碗，有空吗？赵大碗说，还好，有事吗？王素贞说，没什么特别的事，想看看你。赵大碗说，那我下班去找你。王素贞说，找个地方一起吃饭吧，好久没见了。

吃饭的地方是王素贞选的。一个独立的小院，门脸儿很小，木质门有了些年头，呈现出灰黑色，毛毛糙糙的。推开门进去，迎面有个小花园，堆了假山，小小的一个，流水从半山腰流下来，流进山脚的荷花池，几只干瘦的荷叶立在那里。从荷花池下去蜿蜒着一条流动的水道，里面养着三五十条肥硕的锦鲤，身上布满黄白红黑褐金的花纹。再往里面走，跨过水道上的小拱桥，便是一间间独立的小包间，墙上挂着清雅的水墨画，房间里点了香，桌子上铺着青蓝色的蜡染布，桌子中间的玻璃樽里养了细小青绿的铜钱草。王素贞在房间坐下，点好酒菜，等赵大碗过来。赵大碗进来后，嬉皮笑脸地对王素贞说，今晚怎么搞得这么有情调，发财了吧？王素贞说，财倒是没发财，偶尔一次还吃得起。赵大碗坐下来，给王素贞倒了杯水说，我坐在这儿都不合适了，太高雅了。赵大碗穿着短裤汗衫，邋邋遢遢的样子。对面的王素贞长裙过膝，她化了淡妆。赵大碗说，平时很少见你化妆的。王素贞说，心情好弄一下，是不是觉得我美了？赵大碗说，你一直都很美。王素贞说，现在你倒学会说话了，以前不见你这么嘴甜。赵大碗说，我怎么觉得有点不对劲？王素贞说，哪儿不对劲了？赵大碗说，整个画风都变了，有点别扭。王素贞说，我叫了白酒。赵大碗说，那更不对劲了，我记得你不喝白酒的。王素贞说，什么东西不试 下怎么知道。赵大碗说，我也不怎么喜欢白酒。王素贞说，那正好，今晚试一下。

酒菜全上了桌，王素贞对服务生说，我们这儿东西齐了，没什么事儿你不用进来，有事我按铃。服务生说，好的。点点头，退了出去。王素贞给赵大碗倒上杯酒说，大碗，我们认识有多久了？赵大碗说，六年了。王素贞说，那我们喝六杯。说完，一杯一杯地往水杯里倒。赵大碗说，你疯了吧？王素贞妩媚地笑了起来，你就当我疯了。倒完六杯，王素贞举起杯子对赵大碗说，你不陪我吗？赵大碗说，陪。他把六杯酒倒在水杯里，举了起来。王素贞和赵大碗碰了碰杯说，干了。王素贞喝完，浓烈的酒味呛得她咳嗽起来。赵大碗拍了拍王素贞的背说，都叫你不要这么喝，不听。王素贞咳完说，没事，今天想喝点儿。赵大碗问，你这是找醉的节奏。王素贞说，没事。说完，又给赵大碗倒了一杯说，大碗，你爱我吗？赵大碗说，问过一百遍了，以前爱，现在也爱。王素贞说，那我们喝一杯吧。王素贞又干了。赵大碗喝完放下酒杯说，王素贞，你今天很不对劲。王素贞说，再喝点儿就对劲了。王素贞喝得干脆坚决，赵大碗半是不满，半是心疼地看着她。

两人喝完大半瓶，王素贞的脸红了起来，眼神迷离。她直勾勾地盯着赵大碗说，大碗，你知道我爱你吗？赵大碗说，我知道。王素贞说，有些事情你不知道。赵大碗说，比如？王素贞说，陈若来离婚了，你知道吗？赵大碗说，听说了。王素

贞问，你知道为什么吗？赵大碗说，这个我不太关心，他离不
离婚关我什么事。王素贞"嘿嘿"笑了起来，指着自己的鼻子
说，因为我，因为我。赵大碗拿开王素贞面前的酒杯说，你别
喝了，喝多了像个傻瓜似的。王素贞"嘻嘻"笑了起来，是
啊，是的，我是个傻瓜。你知道吗？我和陈若来上床，唐笑倩
知道了，他们离婚了。赵大碗说，你告诉我这些什么意思？王
素贞又笑了起来说，我觉得很有意思啊，太有意思了。赵大碗
说，你别发酒疯。王素贞说，你知道我为什么和陈若来上床？
赵大碗说，我不想听。王素贞突然指着赵大碗说，因为你，因
为你这个傻瓜。赵大碗说，好了好了，别闹了，我是个傻瓜，
我向你道歉。王素贞说，道歉？道歉有个屁用。你知道为什么
吧？赵大碗说，你喝醉了，我送你回去。王素贞说，你别转移
话题，我告诉你，都告诉你。本来我不想和陈若来上床，虽
然，我是说虽然，我是有点喜欢他。你从北京回来后，我想和
你结婚，好好过日子。赵大碗说，都过去了，不说了。王素贞
说，还没完。后来，唐笑倩找到我，她对我说，她想离婚，
又不知道怎么开口。她说陈若来人好，她不忍心。她让我去
勾引陈若来，她说给我钱。你知道吧，她要给我钱，让我勾引
她男人，她好离婚。赵大碗喝了杯闷酒。王素贞拉着赵大碗的
手说，你是不是觉得我是个贱货，为了钱什么事都干得出来？
赵大碗又喝了杯酒。王素贞说，我想，等我有一大笔钱了，我

们就可以走了。我要你把公司关了，跟我一起回杭州，你不同意，你死活不同意。赵大碗说，好了，别说了。王素贞从包里拿出一张卡说，你信不信，我现在有钱了。你信不信，这张卡里有一百万，唐笑倩给我的，你不信，我们一会儿出去查，一分不少，一百万。赵大碗倒了一大杯酒，灌进嘴里说，王素贞，你说得对，我们都是傻瓜。王素贞笑了起来说，标准的、百分百的傻瓜。说完，王素贞把头靠在赵大碗肩上说，大碗，你还要我吗？赵大碗说，我没脸要。王素贞说，你看，你不要我了，没人要我了，我是个贱人。

买完单出来，王素贞醉得东倒西歪。赵大碗说，我送你回去。王素贞说，不，我不回去，我要住酒店。王素贞双手套在赵大碗脖子上说，大碗，我们去酒店，去我们刚到深圳住的那家酒店，我要住我们以前住的那个房间。赵大碗拦了辆的士，扶着王素贞上了车。坐好后，司机问，你们去哪儿？赵大碗报了王素贞的地址，王素贞说，师傅，我要去酒店。司机不耐烦地说，你们到底要去哪儿？赵大碗摸了摸王素贞的脸，发烫。想了想，他说，去酒店。把王素贞扶进酒店，放在床上，赵大碗满头大汗。王素贞很少喝白酒，她是真的醉了。赵大碗烫了个热毛巾，给王素贞擦了擦脸、脖子，又帮王素贞脱掉衣服。王素贞睡了，她的嘴唇红润，小巧的耳垂像是透明的，上面有一颗闪亮的银色耳钉。睡到半夜，赵大碗醒了，他是被王素贞弄醒的。王素贞俯身看着他，她似乎缓过来了。赵大碗揉了揉眼睛说，你醒了？王素贞不说话。赵大碗又说，你喝得太多了。王素贞不说话。赵大碗说，你把我吓到了。王素贞不说话。赵大碗伸手抱住王素贞说，乖，再睡会儿，还早呢。王素贞说，不睡了，我去洗个澡，你等我。

洗手间响起了水声，赵大碗眯上眼睛，他太困了。喝了点酒，又被王素贞折腾了半天，他困了，想好好睡一觉。迷迷糊糊中，他感觉有人在捏他的鼻子、耳朵。赵大碗睁开眼睛，他看到王素贞衣衫整齐地站在床边。赵大碗揉了揉眼睛说，你干吗，想回去？王素贞摇了摇头说，不是。她走到飘窗边上，拉开窗帘。已经是深夜，深圳灯火辉煌。王素贞对躺在床上的赵大碗说，大碗，你起来，坐在床上。赵大碗坐起来。王素贞站在飘窗边问，大碗，你觉得我美吗？赵大碗说，美。王素贞脱掉裙子，里面穿着唐笑倩给她买的内衣，性感的蕾丝镂空。王素贞摆了个性感的姿势问，你觉得我美，还是唐笑倩美？赵大碗说，我不记得唐笑倩的样子。王素贞问，那你猜是我美，还是唐笑倩美？赵大碗说，你美。王素贞脱掉内衣，赤裸裸地站在飘窗前，说，大碗，你想要我吗？赵大碗说，想，我都等不及了。王素贞说，那你把我抱到床上去。

早上醒来，王素贞已漱洗完毕，她叫了早餐，摆在床边的桌子上。阳光照射在地毯上，地毯上的花纹立体起来，毛茸茸地发光。王素贞坐在沙发上，望着窗外，她的脸干净，明亮，像雷诺阿笔下的少女。见赵大碗醒了，王素贞说，我叫了早餐，你随便吃点。赵大碗说，怎么不多睡会儿？这么早起来了。王素贞说，睡不着。赵大碗满足地伸了个懒腰。几个小时前，他有一次完美的性爱，热辣激烈，很久没有如此美好的性爱了。他看着王素贞，满心柔情蜜意。这么好的阳光，这么好的天气，应该有美好的事情发生。赵大碗洗了个澡，他想和王素贞再来一次，庆祝这美好的开始。洗完出来，赵大碗抱住了王素贞，亲吻着王素贞的耳垂，他用舌头顶了顶那颗闪亮的耳钉。王素贞扭了扭腰说，别闹，去吃早餐，一会儿你还得上班呢。赵大碗说，不去了，陪你。王素贞说，谁说要你陪了。

等赵大碗吃完早餐，王素贞从手包里拿出一个信封，递给赵大碗说，给你。赵大碗接过信封问，什么东西？王素贞说，你打开看看就知道了。赵大碗打开信封，里面是一沓钱，有一百，有五十，还有十块的，票面有些旧了。赵大碗愣了一下说，什么意思？王素贞说，你不记得了？赵大碗，记得什么？王素贞指着赵大碗说，赵大碗，你还真是个混蛋，这都不记得了。你还记得我去你家那次吧？赵大碗说，记得。王素贞说，这是你爸给我的，我一直留着，舍不得用。一共两千，都在这儿，你爸不在了，还给你。赵大碗把钱塞回去，递给王素贞说，我爸给你的，那就是你的，我不要。王素贞说，我记得你跟我说过，这钱是给新媳妇上门的。我做不了你赵家的媳妇，这钱我不能要。赵大碗说，能，谁说不能了？王素贞说，回不去了。我给过你几次机会，你不要，这次来不及了。赵大碗说，我爱你。王素贞说，这话留着以后对别人说吧。赵大碗拿着信封，他的脸色很难看。王素贞站起来，摸了摸赵大碗的脸说，大碗，你要是信我，把公司关了，好好干点别的，你这个公司搞不好的。说完，抱了抱赵大碗说，我走了，你保重。

尾　声

　　赵大碗从酒店出来，街上人来人往，天上白云朵朵。路旁的大王椰高大挺拔，树冠像一把绿色的大伞悬在半空。刚刚哭了一场，赵大碗不想再哭了。他想买把刀去公园砍石头，直到刀刃卷起来，直到他没有力气。他看着天上的云朵，每一朵云都像在嘲笑他。赵大碗空着手去了公园，他坐在公园的草地上，望着蓝得耀眼的天空。他看见一个草帽状的飞行物从深圳上空飞过，它飞得那么快，像是一道闪电。赵大碗喊了声，B，是你来接我了吗？我想和你去外星，我相信你是外星人了。飞行物快速地消失，陈若来的脸冒了出来，他笑着对赵大碗说，大碗，你要钱吗？我有，我给你。赵大碗，你要的，我都能给你，只要你把我要的给我。赵大碗跪了下来说，不要，不要，我什么都不要。陈若来说，现在说这些，来不及了。赵大碗低下头，使劲地捶打自己的脑袋。里面有一个声音在喊他，大碗，大碗，你把头抬起来。赵大碗抬起头，看到了他爸赵爱猪。

几年不见，赵爱猪反倒显得年轻了，一头白发精神抖擞。看到赵爱猪，赵大碗的眼泪下来了，他从裤袋里掏出信封说，爸，你的两千块钱人家还回来了，你拿回去吧。

赵爱猪说，你拿着吧，我不缺这点钱。再说，你这钱，我们这儿也用不上。

赵大碗说，爸，你还好吧？

赵爱猪说，我好得很，放心。我有几个问题想问你。

赵大碗说，爸，你问。

赵爱猪说，大碗，你当上官了吗？

赵大碗说，没有，我当不了官。

赵爱猪说，那你混得不行啊。都说北大的要分个县委书记，武大的起码也当个乡长，你怎么连村主任都没当上呢？

赵大碗说，我没用。

赵爱猪说，那你发财了吗？

赵大碗说，没发财，我怕是连自己都养不活了。

赵爱猪说，那你混得不行啊。一个男的，连自己都养不活，难怪女的不要你。这两千块钱，我送你做本钱，把生意做起来。

赵大碗说，爸，两千块钱做不起生意。

赵爱猪说，瞎说，两千块钱人心都买得到，还做不起生意？

赵大碗说，这年月，早就没人谈人心。

赵爱猪说，算了，算了。我再问你一句，你能天天吃上肉吗？

赵大碗说，只要想，肉倒是天天能吃上。

赵爱猪听赵大碗说完，脸上有了欣慰的表情。

他说，那也还好，总算是一代比一代强了。